華やかな微熱

黒田しおん

明窓出版

目次

眷《けん》恋《れん》……5
華やかな微熱……73
キングギドラの目の涙……125
ウルトラ・ショック！……185

眷けん
恋れん

「まったく、身勝手でわがままなんだから。でも、そこがかわいいんだけどね？」

愛されていた時の言葉は今も耳から離れない。けれど、身勝手でわがままな僕の情熱が、淡雪のような陽子の情愛を溶かし、涙に変えてしまった。

「二人だけで会いたいんだよ」

「無理なこと言わないで。直樹、もっと大人の恋愛しようよ」

「なんだよそれ」

「分かってよ。私には子供がいるの」

「だからなんだよ。いつも子供、子供って、俺のことなんか、どうでもいいのかよ」

「じゃ、子供を置いて、何もかも捨てて、直樹の所へ行けって言うの？」

「……分かった。もういいよ。お前なんか、うんざりだ！」

深夜、自室で携帯電話を握りしめ、不自由な恋愛に怒りを覚えた僕は、聞き分けのない子供のような捨て台詞を吐き、電話を切った。

「直樹。明日、十時ごろ契約に来る人がいるから、午前中だけ事務所にいてくれる？」

「うん、いいけど、姉ちゃんは？」

「事務所の女の子の結婚式に行くのよ」

「あ、そうか。で、契約に来る人って男？　女？」

「女の人。二十六歳で四歳の男の子がいるシングルマザーなんだって」

「ふぅーん」

二十五歳で独身の姉を見ていると、二十六歳のシングルマザーは遠い存在でしかなかった。

「コーポ・リオンの３０５号室なの。契約書二枚と領収書とカードキーと金庫。分かる？」

「前にもやったことあるから大丈夫だよ」

「ならいいけど……。ねぇ、愛想よくしてよ？」

「分かってるよ」

姉の優美は、わがままな弟の素顔しか見ていない。その僕の接客態度に不安を残しつつも、留守を頼むしかなかった。

二年前、母が癌で亡くなると、父は家業の宅地建物取引業経営を姉に任せて妾宅に入り浸り、事業も家族も顧みない放蕩生活にのめり込んでいた。したがって、事実上、目黒不動産の代表取締役は姉の優美で、東支店の営業課長、藤村義行が公私共に姉の良きパートナーになっていた。

「姉ちゃん、藤村さんと結婚しないの？」

姉と二人だけの夕食で、その日の話題を提供するのが僕の役割だった。

「お父さん、いい顔しないから」

「親父なんか関係ないだろう。好き勝手なことしてて」

「それより直樹、宅建の勉強する気ない？」

「跡継ぎになる気はないよ」

「じゃ、卒業したらどうするの？」

「そのうち決めるよ」

姉は、わがままな僕の機嫌をとりながら自分の本音は包み隠す。

「だけど、姉ちゃんが結婚したら俺も早く結婚して、奥さんには優しくて思いやりのある男になるんだ。間違っても親父のようにはならないから」

「そうなって欲しいけどね」

苦笑した姉は席を立ち、テーブルの上を片づけはじめた。

「そういえば、明日のお客さん、きっと直樹好みのタイプよ」

「どういう人？」

「母性愛に溢れた綺麗な人」

「ウルトラ美人？」

「ウルトラとは言えないけど、そこそこの美人顔だったかな」

「なんだ。そこそこか。もっとも、いくら綺麗でも、コブ付きじゃね」

二十歳の学生だった僕は、女性への興味はあくまでも外見に留まり、恋愛の桎梏《しっこく》となる子持ちの女性は埒外《らちがい》だった。

ところが、短気直情型な僕の性格を知りつつ、姉は期待させるようなことを言う。

「直樹が好きな奥居香のような雰囲気の人だったけど」

「顔は？」

「顔も」

「メチャメチャいい女じゃん」

「でも、本人が来るわけじゃないんだから、あんまり期待しない方がいいんじゃない？」

「そりゃそうだけど。……まあね、姉ちゃんの言うことは、あんまりあてにならないからな」

その時、まだ身を焦がすような恋を知らなかった僕は、人気歌手やタレントに熱を上げる程度の幼い興味で、明日の接客に少しばかりの期待を抱いた。


翌日。

十時前、事務所に来客があった。

「こんにちは。麻生と申しますが」

「……あぁ！　賃貸契約の」

「はい」

名前は聞いていなかったが、姉が言っていた確かに僕好みのタイプの訪問客を前に、納得の視線が歓喜に揺れた。

「麻生さんとおっしゃるんですか」

「ええ。あの、先日の女の方は」

「たぶん姉だと思います。今日は都合が悪いので代わりに僕が。あ、どうぞ、お掛けになって下さい。今コーヒー淹れますから」

彼女は幾分戸惑い顔で来客用の椅子に座ると、テーブルの灰皿を手元に引き寄せた。

「煙草、いい？」

「いいですよ。どうぞ」

コーヒーを差し出し彼女に向き合うと、とりあえず契約書類を脇に置いた。

「大学生？」

「そうです」

「今日はお休み？　授業」

「春休みですから」

「あ、そうか。大学は早いのよね」

包容力のある声音で応えながら、真紅のマニキュアを塗った綺麗な指で煙草の灰を落とす。

その仕種に見とれていると彼女は小さく笑った。

「なにか、おかしいですか？」

「ううん。ごめんね。少し緊張気味に見えたから」

「あぁ。そうですね」

「どうして?」

「今日、契約に来るお客さんが奥居香に似てるって聞いて、あんまり期待してなかったんですけど、本当に似てたから、なんか緊張しちゃって」

「ファンなの?」

「はい」

「奥居香ねぇ、言われたことないけど」

僕の興味ほどには関心を示さず、煙草をもみ消した指でコーヒーカップを口元に運ぶ。

その、しなやかな指の動きは官能的で、動揺を悟られぬよう正視を避けた僕は、脇の書類をテーブルに載せ出し抜けに契約の手続きを始めた。

「あの、賃貸契約は、本郷町のコーポ・リオン305号室でいいんですよね?」

「ええ、そうです」

「じゃ、さっそくですが、契約書にサインをしていただけますか? 一部はお返しします」

すると彼女は、バッグから取り出した茶封筒を僕に差し出した。

「これが契約金です。前金、敷金、礼金、全部で二十八万円入ってますから、確認して下さい」

その口調、表情、視線から滲み出た誠実そうな人柄が、初対面の印象に新たな魅力を加えた。

「……二十八万円、確かにお預かりしました。これが領収書です。一応、二年契約で、お客様からの申し出がなければ自動更新になります。それと、これが部屋のカードキーと、スペアキー。それから、駐車場は利用されますか？」

「隣よね？」

「そうです。305を使って下さい。他に何かありますか？」

「いえ。……これでいいですか？」

署名、捺印を済ませた契約書が二枚、目の前に広げられた。

「麻生陽子さん、ですか。綺麗な字ですね」

「そう？　あんまり誉められたことないけど」

「いや、綺麗ですよ。それで、入居されるのは四月一日ですか？」

「そうです。子供の春休み中にね」

「あぁ、なるほど。そうですよねぇ」

相槌を打ち深く頷いた僕の耳に再び小さな笑い声が届く。

「なにか、変なこと言いました？」

「ううん。目黒不動産は親切で面白いなと思って」

「あぁ……、まぁ……、そうですか」

「ふっふふふ」

接客に不馴れな僕の無器用な応対が、かえって彼女の信頼感と好感度を勝ち得たらしく、契約の手続きが終了すると彼女の関心がほんの少し僕に向けられた。

「大学って、そのコーポの近くの？」

「そうです」

「何年生？」

「今度三年です」

「じゃ、二十歳？」

「はい」

「お名前は？」

「目黒直樹です」

「俳優みたいな名前なのね」

「はっ。名前負けですけど」

「そんなことないわよ。ハンサムで素敵なお兄さんよ」

軽やかでスピード感のある質問は快く、返答に照れと笑顔が混じる。

「あのコーポの前、通学路なんです。だから、お会いするかもしれませんね」

「じゃ、気が向いたら学校の帰りに寄って？　お兄ちゃん欲しがりの四歳の息子がいるから、夕ごはんぐらいご馳走するわ」

「はっ。俺、単純だから、すぐ本気にしますよ」

「私も義理合は苦手だから、本音しか言わないの」

そう言って、微笑む彼女の真っ直ぐな視線に向き合った時、新たな期待の波が打ち寄せ、淡いときめきの波紋が拡がった。


晴天と曇天が交互に訪れ、冴えない日々を過ごした大型連休最後の日。

昼過ぎ、アルバイト先のハンバーガーショップにバイクで乗り付け、従業員専用出入り口に向かった時、ドライブスルーに入ってきた車が停車した。

見るともなしに目を向けると、運転席側の窓が開き、陽子が顔を覗かせた。

「こんにちは」

「あぁ、どうも」

「バイクは、ドライブスルー使えないの？」

「いや、これからバイトなんです。ここで」

「あ、そうだったの。じゃ、熱い戦いね？　ハンバーガーショップ！」

「あ、それ嘉門達夫の歌でしょう」

「そう。あれ好きなの」

「俺も好き。ふっ、なんだか、おっかしいな」

年齢差を感じさせない陽子の軽口は小気味よく、陽子に向かって心が一気に広がる。

「昼飯ですか？」

「そう。今日は子供がいないから簡単に済まそうと思って。なんてね？　週に一度は来てるの。平日の半額を狙って」

「ははっ。じゃ今度、まとめて持って行ってあげますよ」

「本当？」

「うん。三十個ぐらい？」

「そんなに？」

「冷凍しとけば持つから」

「それはそうだけど」

「でもな、やっぱり頻繁に来てもらいたいから、三個ぐらいにしとくか」

「それなら、毎日デリバリーして欲しいな」

「……はぁ」

「ふっふふふ。冗談よ。あ、後ろから車来たから、じゃ、またね？」

「あ、いつがいいですか？　デリバリー」

「えっ？　あぁ、いつでも。じゃあね？」

「……よし！　やった！」

僕は有頂天だった。これで陽子の部屋を堂々と訪問する理由ができた。

平日は夕方の五時から十時まで、土日祝日は午後一時から夕方六時まで、大学近くのハンバーガーショップでアルバイトをしていた僕は、この偶然に感謝をし、翌週の土曜日さっそく陽子の部屋を訪れた。

夕方、六時過ぎに店を出ると、バイクのハンドルに三十個のハンバーガーを入れたビニール袋を下げ、五分後コーポ・リオンに到着した。

階段下にバイクを駐めると一段飛ばしで三階まで駆け上がり、３０５号室の前で呼吸を整えチャイムを鳴らした。

逸る気持ちと照れ臭さが混在し、ドアが開くまでの数秒間で驚く陽子の様々な表情が想像できた。

ところが、いざドアが開き陽子が現れると、ビニール袋に入った僕の気持ちが勝手に飛び出した。

「こんにちは。あの、これ」

唐突で無造作な言葉に込められた僕の好意を素早く読み取った陽子は、笑いを湛えながら言った。

「本当に三十個も持ってきてくれたの？」

「うん。あと、ハッピーセット二個と、他にもいろいろ入ってる」

「……どうもありがとう」

穏やかな笑みを浮かべて答えた陽子は、ビニール袋を受け取ると、「入って」と僕を招き入れた。

「うわ、綺麗」

一歩踏み込んだキッチンの印象をポロリ漏らすと、陽子はクスクス笑い、目の前のドアを開けた。

同時に、男の子が振り返る。

「準ちゃん、ほら、すごいでしょう。ハンバーガー三十個も持って来てくれたのよ、このお兄ちゃんが」

「チーズバーガー？」

初対面の男の子は無表情で訊き返した。

「ごめんね。一人っ子でわがままだから、あいさつも出来なくて」

「俺も小さい時そうだったたから。あぁ、それで袋の中身は、ハッピーセット二個、ハンバーガー十個、チーズバーガー十個、フィレオフィッシュ十個、アップルパイ二個、ベーコンポテトパイ二個」

「いくら？」

「えっ？　いや、そんなつもりないよ。それに、半分はくすねたから大したことないんだよ」

「でも……」

「本当は、これがないと来られなかったから、いい口実になったの。はっ」

「そうなの？　じゃ、今回は遠慮なく戴きます」

「どうぞ」

「チーズバーガー」

二人の会話に焦れた様子の子供が割って入った。

「真ん中の段がチーズバーガーだよ」

陽子に耳打ちし壁ぎわに腰を下ろすと、陽子と息子のやりとりを眺めつつ、暖色で統一した室内に目を向けた。

その時、

「直ちゃんは？」

と、母親口調の陽子に驚かされ、にわか仕立ての家族の一員に加えられたような気恥ずかしさを覚えた。

「あ、俺？　俺はいい。もう見るのも嫌なほど食べたから」

「じゃ、何が食べたい？　作るから」

「別に腹へってないから」

「じゃ、コーヒー淹れるわね」

陽子が居間から出て行くと、初めて訪れた母子家庭で子供に注ぐ陽子の母性愛を目の当りにした僕は、居たたまれないような違和感と疎外感を覚えた。その元凶とも言える一人息子は僕を無視するような態度で背を向け、子供に人気のテレビ番組に夢中になっている。

そんな僕の心情を敏感に察知した陽子は、キッチンから戻ると息子の背中を見ながら煙草を手に取り、隣に座った。

「ごめんね。退屈でしょう?」

「ううん。……あの、もしかして、MACで仕事してるの?」

話題に事欠き窓際のデスクに置かれたパソコンに話題を向けると、陽子の表情が男の質問に答える女の顔に変わった。

「内職だけど、結構な収入源にはなってるの」

「どういう仕事?」

「今の所は広告出版業社の制作。文字入力の他に、イラストを描いたり写真を取り込んだりするの」

「家で出来るいい仕事だね」

「準一が中学生になるまでは在宅の仕事しか出来ないから、探したのよ」

「あ、そうか」

「来年からインターネットの仕事も出来るようになるの。あと十年ぐらいは、この仕事で頑張るつもり」

そう言い、明るく微笑む陽子の優しい笑顔に悲壮美が重なる。

「俺、役に立ちたいな」

「何の役に？」

「麻生陽子さんの」

「気持ちだけ貰っておくわ」

僕の気持ちを煙草の灰と一緒にさりげなく灰皿に落とす。その手は艶かしく、息子の前で母親の顔になることはできても、煙草を持つ指だけは母親になりきれない女の指に見えた。

「マニキュア塗らないの？」

「家にいる時はね。子供が嫌がるから」

「綺麗な指なのに、もったいないな」

「好きなの？　マニキュア」

「うん。色っぽく見えるから」

「……男って、恋人にはマニキュア塗る女が好きだって言っておきながら、結婚すると不潔そうな目で見るのよね」

陽子は遠い目でそう言い、過去の男への冷え固まった憤懣を捨てられずに喘ぐ、悩ましい女の横顔を見せる。

僕は、その憤懣を溶かすほどの暖かい愛情を注いでやりたかった。

その時、ふいに振り返った準一が僕と目が会うと立ち上がり、陽子にしがみ付き懐にうずくまった。

「『ウルトラマンダイナ』終わった」

「じゃ、今度は『ハクション大魔王』？」

「らんま」

「そうだっけ？」

「そうだよッ！」

癇癪を起こし甘える準一の頭を撫でる陽子の手は、母親とは思えないほど妖艶な女の色香を感じさせる。

「なんか、いいな。俺も子供になりたいな」

「ふっ。子供じゃない」

「……どういう意味？」

「えっ？」

侮辱と受け取った僕を陽子が意外そうな顔で見つめ返した時、準一がぐずり出した。

「俺、そろそろ帰る」

「どうして、まだいいじゃない」

親しい女友達に返すような言葉で陽子は安易に引き留める。

「七時から見たいテレビあるから。じゃ」

すると陽子は準一を抱きかかえ、玄関口に向かう僕の背中に声をかけた。

「ごめんね。怒らせちゃったみたいね。でも、また来て」

そして肩に手が触れた。

「いつでもいいから。ね?」

準一の存在が視界から失せると、陽子の優しい声が頬擦りし、まるで背後から抱きしめられたような陶酔感を覚えた僕は、黙って頷いた。

数種類の観葉植物。ステレオコンポの横に並んだ二つのCDケース。FAX。マガジンラックに詰まった専門誌。テレビゲーム。おもちゃ箱。子供番組の絵本。アニメ番組のキャラクターグッズとステッカー。キャラメルの空箱。黄色のブラインド。パソコンデスクとMAC。そして、テーブルの上に灰皿とマルボロ・ライト。

陽子の部屋で目についた物が、あの日の陽子を再現させるあの部屋に、もう一度行きたかった。

――ごめんね。怒らせちゃったみたいね。でも、また来て。いつでもいいから。ね?

「子供がいなければな」

準一の存在は、鬱陶しい梅雨時期、肌に触れられた雨傘のような感じがして苛々する。

だけど、陽子には会いたかった。

学校の行き帰り、コーポ・リオンの前に差し掛かるとバイクのスピードを落とし、必ず三階の窓を見上げた。

ピンクのパジャマ。人気キャラクターのスポーツタオル。縞模様のソックス。下着……。

ベランダに並んだ洗濯物が遠目にも確認できる部屋の中で、陽子はどんな姿でパソコンの前に座り、どんな音楽を聴きながら仕事をしているのだろう。昼は、あのハンバーガーを食べ、コーヒーを飲み、マルボロ・ライトを喫い、準一の帰宅と同時に母親の顔になる。その後、わがままな一人息子の機嫌をとりながら夕食の準備をし、食事の後片づけが終わると息子を風呂に入れ、寝かしつけた後、また深夜までパソコンの前に座り、仕事に一段落つけるとやっと疲れた身体を休めるのだろうか。

毎日、コーポ・リオンの前を通る度に、その日の洗濯物を眺め、母子家庭の生活環境と陽子の日常生活を想像した。

だが、僕の家庭環境も似たようなものだった。

毎日アルバイト先から戻っても、蛍光灯の明るさの中には誰もいない。父は妾宅で生活し、姉は恋人との時間を設け深夜の帰宅が多かったからだ。

「十時半か」

居間の壁に掛かった時計を眺め、携帯電話の着信メールを確認する。

男友達から二件。女友達から一件。姉から一件。

「今夜はお泊まり、よろしくね、優美。……いいよな、姉ちゃんは」

最近外泊が多くなり、交際相手との愛を順調に育んでいる様子の姉は、婚約間近の可能性が濃厚に思えた。

それにひきかえ、自分の冴えない日常を思うと溜め息が出た。親友の殆どが男友達で、数少ない女友達とは、あくまでも友達の関係でしかない。

虚しい気分で居間のソファーに横になると自然に陽子への情欲に駆られた。けれど、性体験がなかった僕は映画で観たラブシーンを真似る程度の空想しか出来ない。そういう自分を相手にする時、未婚ながら一児の母親である陽子にとって適当な気分転換にはなっても、所詮ままごと遊び程度の存在でしかないのかもしれない。

——ふっ。子供じゃない。

屈辱的に聞こえたあの時の一言が頭の中に甦えった時、携帯電話に入った女友達のメールを、もう一度読んでみた。

〈直樹。今度の休み空いてる？　連絡して。ユカ〉

デパート1Fの片隅に設けられた軽食コーナーで、ソフトクリーム片手にインスタントのデート気分を味わっていた。

相手は大学の同級生で、僕に気を持たせるのが上手な山下ユカ。

「ねぇ」

「うん？」

「今度の休み、映画に行かない？」

「休みって、どっちの」

「バイト」

「なに観るの」

「『遥かなる帰郷』。渋くキメた内容らしいから、観てみたいの」

「うーん。別にいいよ」

ユカの誘いは、ソフトクリームのようにさっぱりとした甘さで後味がいい。

「ねぇ」

「あぁ？」

「ちょっと買い物つき合ってくれる？」

「今？」

「うん。バイト休みなんだから、少しぐらい遅くなってもいいでしょう？」

「別に少しじゃなくてもいいけど。時間かかるの？」

「分かんない。直樹次第」

「なんで」

「いいから、来れば分かるの」

ふいに席を立ったユカに腕を取られ、あわてて残り少ないソフトクリームを口の中に放り込み、エスカレーターに向かう間に飲み込んだ。

「どこで買うの？」

「三階」

「三階？」

唐突に階数だけを言われても分からず、エスカレーターのステップに並んで立ち、三階フロアーで下りると、いきなり女性用肌着が目に飛び込んできた。

「下着売り場だったの？」

「知らなかった？」

「知ってたら来ないよ」

「いいじゃない。この際、私の好みぐらい知ってても」

「別に知らなくていいよ」

「何よそれ。じゃ、別な所で何か見ててよ」

「そうするよ」

「あん、もぉー。ねぇ、ちゃんと戻ってきてよぉ？」

不服そうな顔で見送るユカに手を振り足早にその場を立ち去ると、再びエスカレーターに飛び乗った。

「さて、どこ行くかな」

咄嗟に上り方向を選んだものの、4階の紳士服売り場で買い物をするほどの所持金はなく、5階スポーツ用品のフロアを見送り、6階インテリア家具家庭用品フロアも見送った。そして、7階子供用品のフロアを見送った直後、8階で下り方向のエレベーターに乗り換え、7階で下りた。

「何がいいかな、お坊ちゃま」

はじめて足を運んだ子供用品売り場で準一へのプレゼントを考えながらフロアーを眺め渡し、下着が目に入った所で思わず指を鳴らした。

「ウルトラマンのパンツ！　あ、でも、サイズ知らないな」

まさか、電話で尋ねるわけにもいかない。

僕は、迷った末、近くの女性店員に尋ねてみた。

「あの、すみません。四歳の男の子の下着のサイズは、いくつぐらいですか？」

「標準サイズでよろしいんですか？」

「あ、そうですね。普通です」

「九十五から百です」

「それは、何のサイズですか？」

「身長です」

「あぁ、身長」

四十代後半ぐらいの店員は、無表情で無駄のない答えを返し、一言を付け加えた。

「百の表示もありますけど」

「あ、そうですか。どうも」

とりあえず一言礼を言い即座に店員から離れると、まもなく目的の商品を探し当てた。

「あったよ、ウルトラマンダイナ。えーっと……百だ」

サイズを確認し同じものを四枚手に取ると、近くのレジで精算を済ませた後、得意満面で下りのエレベーターに飛び乗り、3Fフロアーで下りた。

今度は婦人肌着売り場でユカを探し回らねばならない。と覚悟した時、あっさり目の前に現れた。

「なんだ、買い物、終わったの？」

「サイズがなかったの」

ユカは顔をしかめ、無念の気持ちを表した。

「じゃ可愛そうだから、晩飯おごるよ」

「本当？」

途端に意外さと嬉しさをミックスしたような顔で、僕の手を握りしめた。

「なに買ったの？」

「ん？　あぁ靴下。それより、どこ行く？」

「うーん……ねぇ、どこでもいい？」

迷いのない表情と意味深長な目で見つめながら、ユカは問い返す。

「いいけど、どこ？」

「私の部屋」

一瞬、顔が強ばり、視線が揺れ動いた。

「その気ない？」

ユカは、軽く受け流すような口調で僕の反応を見る。

その視線と3階フロアーの空気に息苦しさを感じ、さりげなく顔を背けた。

その時、下りのエスカレーターに足を踏み出した女性が陽子に見え、驚きと期待に胸が高鳴った。だが、すぐに別人であることが分かると同時にユカの声が耳に入った。

「直樹！　ねぇ、どうするの？」

「うん？」

あわてて振り返ると、はっきりしない僕の態度に業を煮やした様子で、ユカは口元を歪めた。

「他に、買い物ないんだろう？　だったら今日は帰ろう」

すると、怒りと不満で頬を膨らませながら足早にエスカレーターに乗り移ったユカは、ステップに並んで立った僕との間に距離を置いた。

「その気、ないの？」

「……何が？」

訊き返すと、ユカは冷ややかな表情で吐息をつき、口元を歪ませたまま顔を背けた。

六月の第二土曜日。

準一へのプレゼントに託《かこつ》け、昼前に陽子の部屋を訪れた。

前回同様、玄関のチャイムを鳴らし、ドアが開くまでの数秒間は緊張の連続で、深呼吸をしながら待つこと、およそ十秒。

「あら、いらっしゃい」

ドアが開いた瞬間、歓迎の笑顔に出迎えられ、目の前にスリッパが揃えられた。

「相変わらず、綺麗だな」

僕の呟きが耳に届いたのか、振り返った陽子は微笑み、食器棚の中からコーヒーカップを取り出した。

「ねぇ、座って待ってて。コーヒー淹れるから」

「うん」

陽子に言われるまま居間に入ると、軽快な音楽に迎えられた。

壁ぎわに座り、その音楽に耳を傾けると間もなく陽子が現われ、差し出されたコーヒーと引き換えに先日買い求めた準一へのプレゼントを差し出した。

「これ、チビちゃんに」

「準一に？　……開けていい？」

陽子は、いたずらっぽい顔で尋ねながら袋の封を開け、取り出した物を見た途端、破顔一笑した。

「大好きなのよ準一。喜ぶわ、ありがとう」

「ふふ」

僕は、準一の喜ぶ顔ではなく、陽子の喜ぶ顔が見たかったのだ。

「よく好みが分かったわね。直ちゃんもウルトラマン好きなの？」

「まさか。ベランダの洗濯物、毎日見てて分かったから」

「……あぁ、通学路だから」

初対面で口にした言葉を陽子は覚えていて鸚鵡返しにした。それが僕はとても嬉しかった。

「チビちゃんは？」

「土日は、なるべく実家にあずけるようにしてるの。妹が勤めてる幼稚園に入れたから、人見知りするわがままな息子も妹の前では結構いい子でいられるのよ」

「幼稚園の先生なの？　妹さん」

「そう」

「じゃ、助かるね」

「忙しい時はね。だけど、ここの所そうでもないのよ。でも、週に一度は独身に戻りたいから、言わないの」

快昧覚える言葉で僕を笑わせ、ジーンズに着古しのTシャツ姿でくつろぐ素顔の陽子を、真紅のマニキュアが引き立たせる。

「キーボード叩くのに邪魔にならない？　爪の長さ」

「なる。けど、気がつかない振りしてるの」

「なんか、一人の時って面白いな」

「そーお？」

「うん。なんとなく、いいな」

精密な機械のように心の歯車が気持ちよいほど正確に動き、確実に重なって行く。

「仕事、途中じゃなかったの？」

「別に急ぎじゃないから明日でもいいのよ」

窓際のパソコン画面に入力された文字や数字が並んでいる。

「この曲、リピートしてるの？」

「気に入ると、いつもリピート」

「俺も同じ。でも、この音楽、結構いいね」

「でしょ？」

得意げな顔で立ち上がった陽子は、パソコンの電源を落とし、ステレオコンポの横に並んだアルバムCDの一枚を僕に手渡した。

「ワールド・オブ・ミュージック、ギリシア。ふぅーん。ギリシアの音楽なんだ」

「仕事してる時には最適のBGMなのよ」

「これ、何曲目？」

「二曲目」

「……『オニロ・デメロ』。どういう意味？」

「ギリシアのキュクラデス群島の中の小さな島の小さな浜辺の名前なんだって」

「調べたの？」

「発売元に問い合わせたの」

「あぁ、なるほど」

「ねぇ、ごはん食べたの？」

「ううん」

「じゃ、何か作ってあげる？　それとも外に行く？」

腕時計を覗いた陽子は、ランチを提案したようだ。

十一時。午後からのバイトには、まだ余裕がある。

「どっちでもいい。あ、やっぱり作って欲しいな」

「スパゲティでいい？」

僕は大きく頷いた。

「それじゃ、ビストロ陽子に期待しないで待っててね？」

愉快な口調で軽やかに振る舞う陽子に接していると、準一が不思議な存在に思えてくる。

子供さえいなかったら……。

そんな僕の身勝手な情熱を阻止する準一は、厄介者でしかなかった。

「直ちゃん、他の歌が聴きたければ替えていいのよ」

キッチンから思いやりに溢れた優しい声が届く。

「ずいぶんCDあるね。何枚ぐらいあるの？」

「数えたことないから分かんないけど……、アチッ！」

あまり料理が得意ではなさそうな陽子の姿は微笑ましく、そこに可愛らしい女の一面を見たような気がした。

「何か手伝う？」

「うーん、でも大丈夫。もうちょっとだから」

しかし、陽子の「もうちょっと」は、あまり期待できそうになかった。そこで、とりあえず数多いアルバムCDを覗き、陽子が好むジャンルと傾向を探ってみることにした。

「三百枚位はありそうだな」

CD専用ラックに整理整頓されたアルバムの枚数に感嘆し、アーティスト名、タイトルなどを見て行った。

「ほとんど洋楽か。……雅楽もあるよ。……鈴木雅之？」

唯一知っているアーティスト名に目が留まった瞬間、あるヒット曲が思い浮かんだ。

僕は、そのアルバムCDを選び出し、さっそくBGMを替えた。

ベストアルバムの二曲目は、『恋人』。

「直ちゃん、その歌好きなの？」

出来上がった料理をテーブルに並べながら、陽子は乾いた声で、そう言った。

「うん。ヒット曲だし」

陽子は、それには答えず、無理のある笑顔で食事を促す。

「これ、明太子？」

「うん。好き？」

「大好き」

味はともかく、陽子の手にかかったものなら大満足だった。

「どう？」

「うまい。料理、上手いんだね」

「うそ！　もう、苦手中の苦手なんだから」

僕の一言で、やっと笑顔を見せた陽子の顔から再び笑みが消えるのは早かった。

「この歌、あんまり好きじゃないの？」

陽子は軽く頷いた。

「何がいい？」

おもむろに立ち上がり、CDの停止ボタンを押した僕に陽子は首を振る。

「じゃ、FM聴く？」

「直ちゃんがいるから、BGMは結構よ」

そして『恋人』が消えると、笑顔に戻った陽子が次なる話題を提供した。

「今日も、バイトあるんでしょう？」

「うん。土日と祝日は午後一時から夕方の六時まで。平日は夕方の五時から十時まで」

「お休みは？」

「金曜日。でも、休みたい時には休むけど」

「ふふふ」

ＢＧＭが消えた部屋に親密な空気が漂い始め、陽子の笑い声に色香が感じられた。

「部屋の空気、変わったね」

「どんなふうに？」

「うまく言えないけど」

男の下心を笑顔で躱《かわ》し、陽子は僕の煙草に手を伸ばす。

「直ちゃん、ラッキーストライクなの？」

「ん？　うん」

「私も、これにしようかな」

なんでもない一言が僕を喜ばせ、相手の好みに合わせたい時の心境は男も女も同じものだと思わせた。

「じゃ、この煙草あげるから、ギリシアのＣＤ貸してくれる？」

「いいわよ」

物を介して互いの一部を分け与え合うような喜びに、心が弾む。

「他にも聴きたいものがあったら、持って行っていいけど」

「本当？」

陽子は頷くと、さっそく窓際に歩み寄り、僕を招き寄せた。

「八十年代から最近のヒット曲まであるけど」

「すごいな。……ねえ、眩しくない？」

窓から差し込む日差しに顔をしかめると陽子はすぐさま手を伸ばし、ブラインドを下げた。適度な薄暗さの中で、再びアルバムのタイトルを追いはじめた僕の視線は、いつのまにか陽子の横顔に流れる。

「借りるのもいいけど、ここに来るたびに一枚ずつ聴きたいな」

「じゃ、そうしたら？」

躊躇なく答えた陽子に胸の鼓動を悟られぬよう〈ワールド・オブ・ミュージック、ギリシア〉の二曲目をセットし、陽子の横顔を盗み見る。

「この曲、洋画に合うと思わない？」

「……あぁ、そうだね」

「主演は誰が似合うと思う？」

その質問に答えようと俯き、考え、宙を仰ぎ、陽子の横顔を見つめ、そして再び宙を泳いだ視線が陽子の指先に流れ着く。すると、僕の手は身体から切り放された生き物のように勝手に動き出し、綺麗な指に向かい、触れると、その指は僕の指に絡み、やさしく語りかけた。

「主演の男優と女優、決まったみたいね」

「ストーリーは？」

「ロマンス」

「本当かな」

気恥ずかしいセリフに顔を背けると、しなやかな手が肩に伸び、そっと抱き寄せられた。

「どこまで？」

「何が？」

「ロマンスのストーリー」

「筋書き通りのドラマは、映画館で観るものよ」

耳元で囁いた陽子は唇を寄せ、身動き出来ない臆病な僕に情欲の火種を次々と落として行く。

まもなく、僕の本能に点火した炎が赤々と燃え出すと、陽子はその場に崩れ落ちた。

「ねぇ、隣の部屋に連れて行って」

頷き、陽子を抱き上げ、隣室へ向かうと、二人の炎は十分に燃え広がり、恐れを知らない男の顔で、僕は陽子の求めに応えて行った。

毎週土曜日になると朝から出かけ、翌日、甘い香りを漂わせて帰宅する僕に秘めやかな匂いを感じ取った姉は、夕食を共にするテーブルの上に映画のチケットを置いた。

「二枚もらったから、直樹、行ってきたら？」

「『遙かなる帰郷』？」

上映中の映画のタイトルを見た途端、ユカの顔が浮かんだ。

「姉ちゃんは？　行かないの？」

「もう観たの」

「あぁ。藤村さんと」

僕のよけいな一言に苦笑し椅子に置いたバッグから財布を取り出した姉は、チケットの上に二万円を重ねた。

「何？　これ」

「お金がない男は、格好悪いわよ」

「……あぁ」

「バイトの休み、土曜日に代えたの？」

「うん。平日は誰も遊んでくれないから」

「ふふ」

それ以上、弟の行動を詮索しない姉との夕食には小さな家族の温もりがあり、陽子との夕食には異邦人をもてなすような暖かさが感じられた。

「これ、貰っていいの？」

映画のチケットに重ねられた姉の好意に視線を落とし問い返すと、姉は頷き席を立った。

「姉ちゃん、得意な料理って何？」

食事の後片づけを始めた姉に、それとなく尋ねる。

「別に得意なものはないけど」

「じゃ、藤村さんにどんなもの作ってあげる？」

「いろいろ」

そして、食器を洗い始めた姉の背中に質問を続けた。

「じゃさぁ、特によく作るものって？」

「どうして」

「いや、参考までに」

「お料理に興味が出てきたの？」

「そういうわけじゃないけど」

「料理が得意な男の子がいると助かるのよね。特に働いている女の人は」

その時、料理は苦手中の苦手だと言っていた陽子の姿が浮かんだ。

「じゃ、あと何したら助かる？」

「洗濯、掃除、買い物」

「それ主婦の仕事だろう？」

「だから助かるんじゃない」

姉は僕と陽子との交際事情を知っているかのような口振りで、現実的な助言をする。

「花束や宝石で喜ばせるのは映画の中のお話よ。それより、毎日の生活で役立てられることを考えた方が、刺激は薄いけど長続きするものなの」

独身とはいえ家事一切を引き受けている姉の言葉には説得力があり、母子家庭での陽子にかかる負担を考えると尤もなことに思えた。

「格好悪いことには愛が詰まってるのよ」

エプロンを外した姉は、神妙な顔で耳を傾けていた僕の顔を覗きこんだ。

「なんだよ。分かったよ。これから手伝うよ」

「本当？　じゃ、さっそく、お米磨いで？」

「あぁ？　米磨ぎ？　……どうすんの」

「三合でいいから五、六回磨いで、濁りがなくなったら白米三の目盛りまで水を入れる。後はタイマーをセットすればいいの」

「あぁー、分かった」

渋々ながら姉の言葉に従い、米磨ぎの実習を終了した後、さっそく陽子に電話を入れた。

「はい、麻生です」

「陽子？　俺」

「あ、直樹？　十時すぎたから、きっと直樹だと思ったの」

毎日アルバイトが終わると必ず電話を入れた。しかも、夜の十時を過ぎれば準一は熟睡し、陽子も遠慮なく独身気分で恋人との会話を楽しむことができた。

「今どこ？」

「自分の部屋」

「何してたの？」

「米磨ぎ」

「ふっ。本当？」

「うん。これから、家事手伝いもするかなと思って。今度、陽子の部屋に行ったら手伝うよ」

僕は、陽子の喜ぶ声が聞きたかった。

「急にどうしたの？」

「別に、どうもしないけど。とにかく何か役に立つことするから考えといて」

「じゃ、たくさん考えとくわ。期待に沿えるように」

僕の言葉だけの熱意を知ってか、陽子は軽く受け流す。

「あ、それでさぁ、映画のチケット二枚もらったんだけど、土曜日行ける？」

「今度の土曜日は無理だけど」

「なんで？　あ、仕事、忙しくなったの？」

「そうじゃないけど。実家の都合で、準一あずけられないから」

陽子の声は低く、淡々と答える。

「じゃ、来週なら行ける？」

「うーん、多分ね」

「なんで多分なんだよ」

「だって、妹に見てもらってるのよ。確約なんか出来ないじゃない」

かといって、準一と三人で観る映画など楽しいはずがなかった。

「じゃ、いいよ。どうせ貰ったチケットだし」

「もったいないじゃない。他の女の子誘ったら？　学校の友達とか」

「なんだよ、その言い方。他の女と観るくらいなら最初から誘わないよ」

「そうよね。ごめんね」

苛立つ僕を陽子はやさしい声で包み込み、なだめる。

「その映画、いつまで？」

「七月十日」

来週の土曜日が唯一のチャンスだった。

「無理しなくていいよ。映画なんか、どうせ観たくもないし」

「……」

「また電話する。じゃ」

「直樹！」

耳元から携帯電話を離す間際、陽子が呼び戻す。

「なに」

「ビデオでもよければ、今度一緒に観よう？」

「……あぁ。じゃ」

そして僕は、勝手に電話を切った。

「何がビデオだ。ちくしょう！」

腹立ちまぎれに携帯電話を壁に打ち捨てると、当然のごとく壊れた。

陽子への不満のはけ口の代償として、新たに携帯電話を購入するために姉からもらった二万円が役に立つとは、皮肉なことだった。

その後、居間の電話でユカに連絡を入れた。

「もしもし」

「ユカ？　俺」

「あぁ、この間は、どうも」

「怒ってる？」

「どうして？」

「声が刺々しいから」

「……なに？」

ユカの声には、多少の怒りを含んだ感情の波が漂っている。

「この前言ってた映画、まだ観る気ある？」

「どうして？」

「なんだよ、どうして、どうしてって」

「女ごころが分からないの？　まったく」

「なんだよ、まったくって。嫌ならいいよ」

「嫌だなんて言ってないじゃない。もぉ、どうしていつもそうなの？」

「何が」

「相手の都合とか女の気持ちなんて全然考えてないじゃない。いつも自分のことばっかり優先させたがって」

「じゃ自分はどうなんだよ。自分が不利になると全部男にせいにして。女だからって、甘えてんじゃゃねぇよ！」

「どっちが甘えてんのよ！」

そして今度は、ユカに電話を切られた。

「なんだよ、どいつもこいつも。クソッ！」

そして腹いせに、持っていた映画のチケットを破り捨てようとした時、居間のドアが開き、姉が現れた。

「携帯使わないの？」

「壊れたんだよ」

咄嗟の言い訳もできず、そのまま居間を出ようとすると、姉が呼び止めた。

「直樹」

「なんだよ」

「お父さんのようにはならないって言ってたけど、そのつもりなら、女の子には優しくしなきゃ駄目よ」

姉の柔らかな言葉は胸に痛く、口答えする気力をも萎えさせた。

「じゃ、女ごころって、どうすれば分かる？」

「誰かに言われたの？」

「馬鹿ユカが言いやがったんだよ」

すると、読んでいた新聞から顔を上げた姉は僕に向き直り、笑顔を作った。

「ユカちゃん、言わなくても分かって欲しかったのよ、直樹に」

「何を？」

「だから、そうしたいけど照れ臭くて言えないことよ」

「それは男だって同じだよ」

「そうだけど。とにかく、優しい言葉が欲しかったのよ」

「姉ちゃんも、そうなの？」

「女の人は、みんなそうよ」

そして再び視線を新聞に戻した姉の背中に、思わず本音を放った。

「なんか女って、めんどくせぇな」

すると、すぐさま厳しい口調で姉は言い返した。

「じゃ、恋愛なんかしないことね。うるさい事を言うつもりはないけど、人が病気になるのは思いやりが足りないからよ」

二年前、癌で亡くなった母のことを言ったのだ。

僕は、父への怒りを露にした姉の言葉にショックを受け、居たたまれずに自室に戻ると、壊れた携帯電話の残骸を拾い集め、母親の遺体を葬るような思いでテッシュペーパーに包み、机の引き出しに仕舞った。


誰かへの思いが強く働くと感受性も強く働く。僕の場合、その働き方が両極端に現われる性格が禍し、感情の嵐が通り過ぎるまでの数日間を無味乾燥な気分で過ごした。

それからまもなく夏休みに入ると、アルバイトの時間を日曜祝日に合わせ、午前中の殆どを自室のベッドの中で過ごしていた。

そんなある日、新しく買い換えた携帯電話に思いがけないメールが届いた。

〈直樹。この前は、ごめんね。あれから、何度も電話したけど、通じなかったから心配してたの。会いたい。待ってるから。陽子〉

メールを読み終えた途端ベッドから跳ね起きた。けれど、準一も夏休みに入ったはずだった。当然、陽子と二人きりの時間など期待できない。そう思うと、長い夏休みが苦痛と忍耐を強いられる期間でしかないように思え、せつなくなった。

「毎日会いたいのに……」

本音を呟くと胸の奥が痛み、陽子の肌の温もりが恋しくて涙が溢れた。

僕はベッドから離れると陽子に借りたＣＤの二曲目をリピートモードでセットし、スタートボタンを押した。

ところが、陽子の部屋で聴いた時は軽やかで心弾んだメロディーが、今はひどく物悲しく聞こえ、溢れ出た涙が一挙にこぼれ落ちた。

「陽子」

ベッドに突っ伏し、枕に顔を埋めると、堪え切れない恋しさが枕を濡らして行く。

淋しくて、せつなくて、準一の存在が妬ましかった。

「会いたい……陽子……今すぐ会いたい！」

叫んだ瞬間ベッドから飛び出し、手早く着替えるとバイクのキーを掴み、階下に駆け下り顔を洗い、そのまま陽子の元へ向かった。

二十分後、コーポ・リオンに到着すると、あわただしく階段を駆け上がり、３０５号室のチャイムを鳴らした。

ドアが開くのは速かった。

「直樹」

張り裂けそうな胸の痛みを堪え、後ろ手にドアを閉めると、すかさず陽子を抱きしめた。

「会いたかった」

涙に言葉を奪われた陽子は僕の唇に救いを求め、思いの熱さを伝えてくる。

「準一は」

「いないわ」

「いつまで」

「来週まで」

迷っていた愛欲の火種が一気に燃え上がる。

「ねぇ」

耳元をかすめた悩ましい吐息が僕を寝室へと押し流し、日差しを遮った秘めやかな部屋に、まもなく情熱の陽炎が立ち上った。

壁のスクリーンに、揺れ動くその様が写し出されると、鋭く、重く、交互に吐き出された吐息が重なり、流れ落ちた汗がベッドのシーツに吸い取られて行った。

やがて、静まり返った部屋に煙草の煙が立ち上ると、安らぎに充ちた寝顔が目を醒ます。

「もうブラインド開ける必要なさそうね」

「うん。バイトも必要なさそうだし」

「後悔してるの？」

「ううん。ハンバーガーショップのハッピーセットより、陽子のハッピーセットの方が百億倍うまいよ」

「ふふ。上手ね」

「今夜、泊まってもいい？」

陽子はやさしく頷き、指先に熱情の余韻が残る手で僕の唇に触れる。

「直樹。のど乾いちゃった」

「俺も。じゃ、ちょっと待ってて」

ベッドを抜け出し、ドアを開けると、真夏の猛暑が待ち構えていた。

キッチンに差し込む西日が冷蔵庫のドアに反射して眩しく、顔をしかめ中から取り出した2リットルサイズのペットボトルとグラスを手に持ち、陽子の元に戻った。

「あっちっち。台所は地獄の猛暑だよ」

「ここは？」

「シャンバラ」

「何？　それ」

冷えたミネラルウォーターをグラスに注ぎながら、陽子は少女のような顔で尋ねる。

「ヒマラヤ山脈の地下にある伝説の楽園」

「伝説なの？」

「うん。でも、実在すると思うな。あと、秘境シャングリ・ラ。その理想郷で生きている僧侶たちは、不老不死なんだって」

「ふぅーん」

感心しながらグラスを戻した陽子は頬づえをつき、僕の顔を眺める。

「信じない？」

「ううん。そういう話、結構好きなの。あと、ＵＦＯとか超能力とか」

「本当？」

「うん。前からね、富士山でＵＦＯを見たいなって思ってたの」

「へぇー」

今度は僕が感心し、陽子の顔を眺めた。

「ねぇ、今度二人で富士山へ行こうか」

「ＵＦＯ見に？」

「うん」

「いつ？」

「夏休み中」

陽子は大きな期待を抱かせ、僕の煙草から一本を引き抜く。

僕が火を点ける。と、電話が鳴った。

「ちょっと持ってて」

くわえた煙草を僕に預けると、陽子はそのまま隣室のドアを開け、受話器を取った。

「はい、麻生です。……友美？　うん。まあね。……どうしたの？　……もう？　……うん。……今から？　お母さんは？　……あ、そう。分かった。じゃ、もう少ししたら迎えに行くから。……うん。ありがとう。じゃ、後でね」

会話が途絶えた途端、嫌な予感に襲われ、ベッドに戻った陽子は僕の手から吸いかけの煙草を取り戻すと、枕を抱いて吐息をついた。

「昨日から一週間の予定で実家に預けたのよ。本人が行きたいって言うから。でも駄目ね。ママの所へ帰りたいって、泣いて手のつけようがないんだって」

「準一？」

陽子は頷き、煙草をもみ消した。

「お母さんも留守だし、妹も出かけたいのよ」

事情は理解できる。けれど、僕の気持ちは四歳の準一と同じようにだだを捏ね、聞き分けのない子供のように、せつない心がすがり付く。

「行くなよ！　なんで行くんだよ」

どれほど強く抱きしめても一人占めできない。幸せなのに、すごく淋しい。

涙を潤ませた僕を、右目に幸せを左目に哀しさを秘めたせつなそうな顔で陽子は抱き寄せる。

「いつも寝る時、枕にキスするんだ。でも、陽子じゃないから、涙が出るんだ」

僕を力いっぱい抱きしめた陽子の目から、涙が流れ落ちた。

「毎日、会いたい」

「……夜なら」

「……何時ごろ」

「十時すぎ」

咄嗟の妥協案は一時の救いにはなった。けれど諦めきれず不貞腐れた顔で適当な相槌を打つ僕に、陽子はキスをし、子供をなだめる母親のような表情で背中を撫でる。

「今夜、電話するから。ね?」

「電話なんか」

「直樹の気持ちは分かってる。いつも我慢させて、ごめんね。でも、私も我慢してるのよ。それだけは分かって」

陽子は慰め、いたわり、真綿のような暖かい言葉で僕を包んでしまう。

「今度、いつ会える?」

「新しい携帯電話にメール入れるから。ね?」

「……うん」

僕の持ち物に目が届く陽子の細やかな気配りになだめられ、とりあえず納得の笑顔を見せると、陽子は小さなキスを返し、静かにベッドを離れ、脱ぎ捨てた衣服を身に着け始めた。

夏休み中、僕と陽子は携帯電話でメールを送り合うだけの関係が続いた。

〈陽子。会いたい。今すぐ会いたい！　直樹〉

〈夏休みが終わるまで、もう少し我慢して。今夜、待ってるからね。陽子〉

〈夜中に忍んで行くなんて、もう嫌だ！　俺は間男じゃない！　バカヤロー〉

〈直樹、明日と明後日はＯＫよ！　陽子〉

〈期待させて、いつもドタキャンじゃないか。お前の言うことなんか、あてになるか！〉

思うようにならない苛立ちを短いメールに凝縮し、陽子に当たり散らすようになると陽子からのメールが間遠になり、僕も当てつけにユカとの関係に傾いて行った。

ユカと映画を観た夜、部屋に誘われ関係を持つと、何の障害もないユカとの関係は気軽で楽しく、思い通りの付き合いができた。けれど、それも最初のうちだけで、携帯電話の着信メールを気にする僕に、ユカは不安と不審の色を見せ始めた。

「ねぇ、いつも誰からのメール待ってるの？」

「別に待ってるわけじゃないよ。なんとなく、気になるだけだよ」

「誰のことが気になるの？」

「誰でもないよ。癖なんだよ」

「だって前はそんな癖なかったじゃない。急にそんな癖がついたっていうの？」

「携帯買い換えたからだよ。前のと違うから」

苦しい言い訳をするほどに陽子が恋しくなってくる。

ユカの買い物に付き合い、似合う洋服を訊かれても面倒臭く、一緒に食事をしていても相手が陽子だったらと思うと、ユカにとっては楽しいデートも僕には気が重く、苦痛にさえなってくる。

「直樹。どうして私と付き合ってるの？」

「えっ？　なにそれ」

「無理して付き合ってるようにしか見えないから」

ユカは、正直な気持ちをストレートな言葉で投げつける。

「セックスフレンドのつもりなの？」

「そんなんじゃないよ」

「じゃ、どういうつもりなの」

アーケード街を歩きながらユカは表情を変えずに畳み掛ける。

「ねぇ……、なに見てるの？」

「ん？　あのチビすけ、かわいいよな。三つぐらいかな」

玩具店の店先で、大きなぬいぐるみを抱いて放さない男の子を若い母親が必死になだめている光景を目にし、思わず微笑んだ僕にユカは意外そうな顔を向けた。

「直樹、子供は嫌いじゃなかったの？」

「うん。でも、あれはかわいいよ」

子供好きのユカは、「なんか、変わったね」と一言返し、手を握ると玩具店に歩み寄った。

「ゆうくん、これは買えないの。ね？　もっと小さいカメさんにしよう」

「ヤダヤダヤダ」

男の子と母親の微笑ましい会話を耳にし思わず口元が緩んだ僕は、男の子が放さない特大のカメのぬいぐるみが飾られた店の奥に向かい、値札を確認した。

「えっ！　これ二万円もするの？」

「ぬいぐるみは高いわよ」

驚く僕に、ユカは平然と答える。

「これじゃ買えないよな」

僕は、先程の若い母親に思わず同情したくなった。

「なんでこんなに高いんだよ」

「じゃ、バイキンマン三千五百円。これは？」

ユカは目の前のぬいぐるみを手にし笑顔を見せる。

ぬいぐるみに興味のない僕は曖昧な笑顔で見送り、狭い店内の中央に積まれた人気商品に目を留めた。

「きかんしゃトーマス&貨車セット、プラレール。三千八百円。あ、これがいい！」

一目で気に入った商品を手に取ると、さっそくレジに向かい買い求めた。

「ねぇ、それどうするの？　まさか、直樹が遊ぶわけじゃないでしょう？」

ユカは怪訝そうな顔で僕を見上げた。

「俺が遊ぶんだよ。悪い？」

するとユカは呆れ顔で首を傾げ、納得のいかない様子で店を出て行った。

その夜、あれほど燻っていた気持ちが玩具一つで綺麗に取り払われた僕は、前触れもなく陽子の部屋を訪れた。

いつものようにチャイムを鳴らすと、まもなくドアが開き、目が合った途端、陽子の顔に笑みが広がった。

「チビちゃんは？」

「実家にお泊まり保育。今夜だけだと思うけど」

その言葉は嬉しい反面、ほんの少し残念な気がした。

「なんだ、せっかくチビ介にプレゼント持って来たのにな」

桃太郎が描かれた玩具店の紙袋を照れながら差し出すと、陽子は真摯な顔で受け取り、僕の腕を引き寄せた。

「今夜の予定は？」

「全然」

「じゃ、直樹もお泊まり保育？」

「陽子先生んちに？」

「そっ」

二週間ぶりの再会は、それまでの鬱積した思いを簡単に払拭し、優しい空気を呼び込んだ。

陽子は一人で観ていた洋画のあらすじを説明し、僕は姉から教えてもらったキムチ・チャーハンを作りながら耳を傾ける。そして和やかな食事の後、僕が浴槽を洗い陽子がアイロンがけをし、二人でシャワーを浴びた後、ベッドの中でビールを飲みながら洋画ビデオを鑑賞した。

だが、映画の内容など分からず、いつのまにかビデオテープは巻戻っていた。

「『ぼくの美しいひとだから』、後でもう一回観せて」

「本当に観る気あるの？」

「あるよ。でも、陽子と一緒だと観られないんだよな」

「どうして？」

「自作自演ドラマの主役だから」

陽子は爆笑し、愛しい者を掻き抱くように僕を包み込む。

「毎日、こんな夜が続いたらいいいな」

僕の何気ない一言に、陽子は初めて本音で答えた。

「準一がいなければ……」

その言葉は重く、沈鬱な空気の中で罪悪感に苛まれはじめた僕を狼狽させた。

「俺の家って、二年前におふくろが死んでから親父は妾宅に入り浸りで、姉ちゃんは彼氏の所に泊まることが多くなって、無人の家なんだ。だから、あんな家、帰りたくないって、いつも思うから、きっと準一がいなくなったら耐えられないと思うよ」

準一は目障りな存在だが、いざ陽子の口からそう言われると尻込みしてしまう。どうにも厄介で手強い〈母親の命〉が、僕は羨ましかった。

「お母さん子だったの？」

「うーん、姉ちゃん子かな」

「ふっ。お姉さん好きなの？」

「うん。けっこう綺麗だし、言うこと聞いてくれて、やさしいから」

「あぁ、そういう感じね。なんか準一の将来を見てるような気がする」

他愛ない会話の中にも〈母親の命〉が割り込んでくる。そして二人の関係の桎梏が陽子の無意識までをも独占し、母子の絶対的な絆を見せつけられた僕の嫉妬心を煽り、敗北感を募らせた。

そんな僕を見つめる陽子の視線が淡い期待と諦めの気持ちに揺れる。けれど、僕は準一の父親になどなりたくもないし、むしろ陽子の子供になりたいと思うくらいであり、そのどちらにもなれないのなら、今の関係を継続するしかない。だが思うようにならない陽子の立場を考えると、その関係も脆く儚いものでしかなかった。

結局どうにもならない。そう痛感した時、陽子を強く抱きしめながら、決して叶わぬ初恋の哀しい結末を予感した。


九月に入ると準一の夏休みは終わったが、僕の夏休みはまだ一ヶ月残っていた。しばらくは土曜日の夜と真夜中の数時間が陽子との逢瀬に可能な限定時間だった。

だが逢う度に別れ際が辛く、その後まるで麻薬常用者が耐え難い禁断症状に苦悶するような日々が続くと苦難の元凶を恨み、自己憐憫に陥った。

「準一さえいなければな。……ちくしょう。なんでこんな面倒臭い女なんか好きになったんだよ！」

哀しみの涙が乾くと怒りの嵐を呼んだ。

その嵐は、秋の長雨が続く心淋しい夜、陽子の元へと向かい、十一時を少し過ぎた頃、思い余って陽子の部屋に電話を入れた。

「はい、麻生です」

「陽子」

低く重い声音が僕の心情を反映した。

「直樹？　どうしたの、暗いわよ」

「当たり前だよ」

感情の起伏が激しい僕の機嫌を窺いながら、陽子は慎重に言葉を選ぶ。

「部屋から電話してるの？」

「そうだよ」

「メール読んだ？」

「どうでもいいよメールなんか。会いたいんだよ！　毎日、毎日……」

堪えていたものが涙になって溢れ、言葉が続かない。

「直樹」

「なんだよ」

「……」

「なんで黙ってるんだよ。何か言えよ！」

「……言えない」

「なんで」

「言うと、涙が出るから」

俯きながらそう言い、すでに頬を流れる陽子の涙が声を通して伝わってくる。

僕は重い吐息をついた。

陽子は声にならない思いを無言で返す。

どうにもならない悲壮感に胸が締めつけられ、出来ることならこれまでの出来事を記憶から喪失させてしまいたかった。

「もう、こんなの嫌だ」

「じゃ、どうしたいの？」

静かな大人の声が問う。

「別れたい」

「別れられるの？」

柔らかく甘い綿菓子のような声が、せつない僕の心にやさしく絡む。

「じゃ、どうすればいいんだよ。俺を拷問攻めにしてるのは、そっちじゃないか」

感情的になっている僕に陽子は何も返せず、言葉を呑み込んだ。

「二人だけで会いたいんだよ」

「無理なこと言わないで。直樹、もっと大人の恋愛しようよ」

「なんだよそれ」

「分かってよ。私には子供がいるの」

「だからなんだよ。いつも子供、子供って、俺のことなんか、どうでもいいのかよ」

「じゃ、子供を置いて、何もかも捨てて、直樹の所へ行けって言うの？」

「……分かった。もういいよ。お前なんか、うんざりだ！」

自室で携帯電話を握りしめ、聞き分けのない子供のような捨て台詞を残し、電話を切った。途端に大粒の涙がこぼれ落ち、堪え切れない淋しさに身体の震えが止まらない。

「陽子……」

身勝手な熱情が過熱し息苦しくなった僕は、階下へ駆け下り居間のサイドボードから父のウイスキーボトルを取り出すと、そのまま自室に籠り、虚弱な胃袋にウイスキーのストレートを流し込んだ。

ほどなく、強烈な不快感が喉元にこみ上げ、朦朧とした意識のまま階段脇のトイレに駆け込むと、逆流したアルコールを一気に放出し、そのまま意識を失った。

それから帰宅した姉に介抱され、意識を取り戻したのは翌朝で、心配した姉は、出勤前に、食事やアルバイト先への連絡などを引き受け、何も言わずに出かけて行った。

その後、静かな部屋で雨音に耳を傾けていると昨夜の陽子の言葉が甦り、雨音に重なって聞こえた。

――言えない。言うと、涙が出るから。……別れられるの？　……じゃ、子供を置いて、何もかも捨てて、直樹の所へ行けって言うの？

消去設定のない記憶の中から、エンドレステープのように繰り返し流れてくる陽子の声が弱った胃袋と心に染み込んだ。

僕は壁のカレンダーを眺め、残り一週間の夏休み中に陽子への思いを断ち切りたいと願った。けれど、この熱情を簡単に断ち切れる有効な手段などあるはずもなく、未熟な僕が考えたことといえば、性懲りもなく、アルコールを鎮痛剤がわりに飲み続けることだった。

アルバイトにも行けず、ベッドに横たわったままウイスキーのボトルに手を伸ばし、鼻をつまんで飲み込む。それを何度となく繰り返すと、実験前にクロロフォルムを嗅がされたカエルのような姿になり、その後再びトイレで吐いた。

——夜。

帰宅した姉は呆れ顔で見下ろした。

「また飲んだの？」

姉は咎めるのではなく、ただ尋ねた。

僕は無言で背を向け、ベッドの端に姉の重みを感じた。

「お母さんが亡くなった後、お父さんアルコール中毒でしばらく入院してたのよ。知らなかったでしょう？　直樹には言うなって口止めされたから黙ってたんだけど、今も時々通院してるの。だから、この家から二人も中毒患者を出したくないのよ。直樹の気持ちは分かるけど、自滅するような馬鹿な真似はしないで。淋しいのは直樹だけじゃないのよ。しばらく頭冷やしたら、きちんとした態度で話し合いなさい。相手は大人なんだから、直樹も大人にならなくちゃ。いつまでも子供の相手はしてくれないわよ。厳しいこと言うようだけど、後になれば分かるから。ね？　分かった？」

「……うん。分かった」

姉は常に僕の味方になりながら、やさしい言葉で説得し、なだめてくれた。その姉から知らされた父の姿に今の自分が重なり、酔いが一気に醒めた。

「じゃ、このウイスキー戻しておくからね？」

そして姉が部屋から出て行き、大嫌いな父が自分と同じ弱い男のモデルだったことに気づくと、母と陽子の顔が重なり、姉の忠告が身にしみて心に重くのしかかった。

病弱な母を思いやることが出来なかった身勝手な父は僕にとっての反面教師であり、姉は、そんな僕に父の生き方を真似てほしくはなかったのだろう。

その姉に弱い僕は、姉の心痛を取り除き、その思いやりに応えてやりたくなった。


一番長く感じられた夏休みが終わり、僕の気持ちを逆なでするような晴天が続いた十月上旬。

アルバイト先からの帰り道、なんとなく立ち寄ったビデオショップで、映画『ぼくの美しいひとだから』の結末が知りたくなり、探し当てたビデオテープを手に取った。

「スーザン・サランドンか」

主演女優の笑顔に陽子の顔を重ねても、それぞれの思いがすれ違い、笑顔は重ならなかった。

ビデオテープを戻すと今度は、ＣＤコーナーへ向かい、今度は奥居香のアルバムＣＤを探し手に取った。けれど、そこにも陽子の笑顔は重ならなかった。

僕は、陽子に見放されたような寂寥感を覚え、ポケットから取り出した携帯電話の着信メールを確認した。

〈コンサートチケット今なら激安！　誰のだと思う？　分かったらやるよ。信明〉

〈音信不通、消息不明。どこで何してるの？　女ごころが分からない直樹、機関車トーマスで遊んでるの？　連絡ぐらいしてよ。ユカ〉

「音信不通か」

あの夜以来、陽子からのメールは届かず、見えない拒絶のバリアーが張り巡らされているような気がしていた。

その後、書籍売り場へ向かうと、〈名所ＭＡＰ〉と題された雑誌に目が留まった。

なんとなく手に取ると、立ち寄りスポット・ベスト3というサブタイトルの下に書かれた〈鎌倉・箱根・富士・名所案内〉の活字が目を引いた。

「富士山」

――前からね、富士山でＵＦＯを見たいなって思ってたの。ねぇ、今度二人で富士山へ行こうか。

――ＵＦＯ見に？

――うん。

――いつ？

――夏休み中。

何を見ても、どこへ行っても陽子の言葉が耳から離れず、せつなさのあまり胸が苦しくなってくる。

僕は雑誌を元に戻し、夢遊病者のような足取りでフラフラと店を出ると、そのまま陽子の元へ向かった。


コーポ・リオンに到着するまでに通過した交差点の信号は、全部青だった。

最後の青信号を気持ち良く見送り、バイクのスピードを減速しながら隣接の駐車場を見渡すと、フェンス沿いの一番奥に、白のラシーンが闇の中から浮いて見えた。

階段下にバイクを駐め、鎮静剤を投与された熱病患者のような自分を像像しながら階段を上り、何も考えずに３０５号室の前に立った。

腕時計を覗くと十一時をすぎていたので、チャイムを鳴らさず、ドアをノックした。

しばらくすると、内側のドアチェーンが外され、小さく開かれたドアの奥から捕え処のない表情で僕を見つめた陽子は、それまで一度も聞いたことのない冷ややかな声を発した。

「こんな時間に、どうしたの？」

一瞬、血の気が失せ、自分の意志とは無関係な言葉が飛び出た。

「迷惑な、赤の他人になった？」

「それを確認しに来たの？」

僕は狼狽え、俯き、息を呑んだ。

「近所の目があるから、入って」

その声に歓迎の気持ちはなく、止むを得ない事情から出たにすぎない形だけの言葉だった。

居間に入ると、ボリュームを抑えたラジオから洋楽のヒット曲が流れ、窓際のパソコン画面に描きかけのイラストが映っていた。

所在なく壁ぎわに腰を下ろすと、テーブルにコーヒーカップが置かれ、二人分ほどの間を置き腰を下ろした陽子は、僕の存在を無視するような顔で煙草に火を点けた。

僕は、そんな陽子の姿に戸惑い、後悔し、次の言葉を待った。

「何しに来たの？」

それは僕が待っていた言葉ではなかった。けれど訪問の理由は伝えなければならない。

「謝りたくて。それに、会いたかったから」

陽子は即座に呆れ顔を見せ、綺麗な指で煙草を弄ぶ。

「謝らなくていいのよ。もう会う気もないし」

突然、目の前に見えない壁が落ちて来たようなショックを受け、張り詰めた神経が全身を耳に変えた。

「もう、終わったっていうこと？」

「自分で言ったでしょう？　別れたいって。だからそうしたのよ」

陽子はあっさりと答え、煙草をもみ消すと、コーヒーカップを口元に運んだ。

僕は、予想外の展開に呆然とし、何も返せぬまま俯いた。

「妊娠したのよ」

一瞬、身体が硬直した。

「いつ？　分かったの」

力なく問い返すと、なぜか陽子の顔に笑みが広がり、偽りの言葉を吐いた口元が歪んだ。

「嘘なの？」

「よかったでしょう？　嘘で」

「試したのか」

「そうよ」

陽子は軽い口調で応戦した。

「なんでそんなことするんだよ。俺の……気持ちなんか……」

あれほど恋焦がれた陽子に、こんな形で試されたことが信じられず涙が溢れ、堪えきれず膝に顔を埋めた途端、一挙に涙が流れ出した。

陽子はすかさず僕を抱きしめ、変わらぬやさしい心根を肌の温もりを通して伝えてくる。

「どうして……やさしくするんだよ」

「……もう、やさしくしない」

陽子は涙を呑み、泣き続ける僕の背中をやさしく撫でた。

「もう……。会えないの？」

「……会いたくないの」

「……そんなに、嫌？」

「……直樹は、自分の痛みには敏感なのに、他人の痛みには無神経な所があるのよ。これから付き合う女の子には、もっとやさしくしてあげないと、また同じような結果になるからね？」

陽子から、そんな忠告など聞きたくはなかった。

僕は陽子の肩で涙を拭き、背中に回した両手に力を込めた。

「陽子以外の女なんか、好きになれない」

「今だけよ。そのうち熱病から解放された時に、どうして子持ちの年上の女なんか好きになったのかって、後悔する日が来るから」

「そんなこと、分かんないじゃないか」

「分かるわ」

自信に充ちた陽子の予見に、抵抗力を失った僕は息をひそめ、その根拠を探った。

「どうして、分かるの」

「自分で経験したからよ。不倫を承知で付き合いはじめて、妊娠したら厄介者扱いされて、そのうち奥さんが良く見えだして、出産間近に別れてくれって泣いて土下座して逃げて行ったの、十歳も年上の男が。その時、あれほど恋い焦がれていた人が、つまらない男に見えたのよ。だから直樹には、そういう男になってほしくないの。今は、そんな男にはならないって思うだろうけど、いつまでも今のままではいられないのよ。その人を心から愛していて、その人の全てを受け入れる自信があるなら会ってもいいけど、その自信もなく、ただ淋しいだけなら、会わない方がいいのよ」

陽子は、恋人のような甘さと、姉のような思いやりと、母のような優しさを含んだ愛情で柔らかく突き放した。

しかし、諦めきれなかった僕は咄嗟に陽子を押さえつけ、強引に思いを遂げようとした。ふいを突かれた陽子は当然のように抵抗を試みた。だが、陽子の唇は僕を拒絶しなかった。

「ねぇ、準一が……」

「大丈夫だよ」

欲情に駆られた僕は無責任だった。

そうして陽子の中から抑圧された母性本能が切り離され、明るい部屋に悩ましい吐息が広がり始めた時、隣室から母親を呼び戻す声が聞こえた。

「ママー」

一瞬、身体が強ばり、すぐさま身を起こした陽子の顔から血の気が失せた。

「悪いけど帰って」

厳しい口調で決然と言い放った陽子は、即座に隣室に消えると僕の存在理由を無にした。

「ママ。誰と話してたの？」

「テレビ観てたの。でも、もう終わっちゃったから消したの」

「ふぅーん」

「準ちゃん、おしっこは？」

「ううん」

「じゃ、ママと一緒に、もう寝ようね？」

それを最後に、母親にとりついた亡者のような僕をあっさりと切り捨てた四歳の息子は英雄になり、賊に成り下がった僕を静かに立ち去らせたのだった。


こうして、僕の人生で最初の真剣な恋は実るわけもなく、その後しばらく懊悩の中で猛省しながらも、欝勃する陽子への眷恋に耐えるしかなかった。

そして、あれから四年の月日が経過した現在も、心の中に種火として残る陽子への想いが燻り続け、誰にも心惹かれることはない。

華やかな微熱

思春期にありがちな熱病に冒され始めたのは、高校二年生の時だった。

九歳年の離れた姉は聡明と美貌という二つの称賛に与《あずか》る母親自慢の娘だった。その姉が恋しい年上の女に変わり始めた時から禁忌という二文字が常に意識の中枢を刺激し、他の同級生のように女の子との他愛ない会話で楽しむことが出来ず重苦しい気持ちを持て余していた。

そんなある日の放課後、クラスメイトの北原えりが接近してきた。

「梁艶《りょうえん》くん。もしかして、女嫌いなの？」

「えっ？　どうして」

「三田さんが言ってたわよ。どんなに女の子に誘われても、ちっともその気にならない男は、ホモに違いないって」

「大人にしか興味がないだけだよ」

「へぇー。ずいぶん気取ってるのね」

「気取ってるわけじゃないよ。本音を言ったまでだよ。気に入らないんだったら放っておけばいいだろう」

僕は生意気でお節介なえりが苦手だった。

だが、僕の熱病を悟られないための過剰反応から出た買い言葉が、えりのプライドを刺激してしまったようだった。

「気に入らないわよ。女を馬鹿にしたようなその口の利き方といい表情といい。少しぐらい綺麗な顔してるからって、いい気にならないでよ」

えりは喧嘩腰で言い募り、見当違いな言いがかりをつける。

「いい気になんかなってないよ。思うのは勝手だけど、人の気も知らないで言いたいことばっかり言うのはやめてくれよ。俺だって、いろんなことで悩んでるんだ。放っておいてくれよ」

僕は苛立ち顔を背けた。

「部活あるから」

そして席を立ち、教室の出口に向かうと、今度はえりが少し遠慮がちな口調で引き留めた。

「あ、ねぇ、今度、絵画のモデルになってくれない？」

「……美術部の？」

「そう。でも私が描く絵画のモデルよ。卒業記念にする予定」

「放課後は無理だよ」

「じゃ、いつならいい？」

「他の男に頼めば？　サッカー部とか野球部の奴とか」

「日焼けした汗臭い人に興味はないの」

「俺も汗臭いよ。剣道着なんて洗ったことないから」

「汗の匂いが違うのよ。とにかく考えておいて。お願い」

「お願いされても無理だよ」

興味のないことに無理してつき合うほど僕はお人好しではない。むしろ身勝手で協調性など微塵もない男だ。

僕は、悔しい気持ちが顔に表れているえりを無視して教室を出た。

ところが、教室前方から廊下に出たえりは、いきなり僕の前で両手を広げ、行く手を阻んだ。

「なんだよ」

「モデルの件、返事を聞くまで動かないから」

僕は呆れた。そこまでするような話ではないはずだ。

「なんで俺じゃなくちゃ駄目なの？」

「ローマ彫刻のような美貌が気に入ってるからよ」

「ローマ彫刻？　だったら美術室に石膏像があるだろう？」

「冷たい石膏像じゃなくて、冷たい心のナルシスが好きなの」

意志の強そうなえりの発言は、廊下を歩く数人の生徒から奇異な視線と陰口を集めた。

「変なこと言うなよ。とにかく後にして」

「じゃ、今夜電話するから」

「そんなに急ぐの？」

「電話したいの」

それ以上えりのわがままにつき合いたくなかった僕は曖昧な返事で濁し、部室に向かって駆け出した。

北原えりは二年生に進級してまもなく転入し、今まで殆ど話などしたことがなかっただけに今日のような突飛な言動には驚かされたが、大人っぽい雰囲気に身勝手な積極性が似合う彼女に思いを寄せる男子生徒は多かった。

「北原えり、か。なんか面倒臭そうだな」

部室に向かう途中ため息まじりに本音を呟いた時、ふと姉を思った。

姉が漂わす大人の色香と、えりが放つ大人っぽい色香は似ているようで異なるものだ。

姉は百合の花のような威厳と無駄のない美しさで輝き、えりは真紅の薔薇を思わせる情熱と強い個性で輝いているように見える。どちらもタイプの違う美しさと個性に充ちた綺麗な花なのだが、えりが放つ身勝手な積極性は僕の好みではなかった。

部活動は七時に終わり、三十分後には校門前のバス停でJR駅行きのバスを待つことになる。

僕は、部活仲間の島田明宏と一緒に帰ることが多く、バスを待つ間テレビ番組やスポーツの話題で十五分ほどの時間を埋めるのが常だった。

「なぁ、三年の中山さんているだろう?」

「中山? 男? 女?」

「バレー部の主将だった中山恭子さんだよ」

「あぁ、益子直美に似てる人」

「うん」

「その中山さんが、どうかしたの？」

「……好きなんだ」

島田は思いつめたような表情でそう言い、ため息を吐くと俯いてしまった。

「本人に言ったの？」

島田は首を振り、憂い顔で遠くを見た。

「年下じゃ相手にしてくれないよな。あと半年で卒業しちゃうよ。俺、どうすればいいかな」

男らしい外見からは想像できない島田の意外な気弱ぶりに、僕は少し驚いた。

「年下っていったって一つだろう？　そんな悲観することないよ。要は相性が合うか合わないかだけだよ。そんなに好きなんだったら、アプローチしてみれば？　悩んでたって何も起こらないよ」

僕は、一つ年上の上級生に恋する島田が、なんとなく羨ましかった。うまくいこうがいくまいが、他人に恋する分には何の問題もないはずだ。

「でも、もし付き合ってる人がいたらと思うと、言えないんだよな」

「そんなこと訊いてみなくちゃ分からないだろう？　勝手に思い込んで、せっかくのチャンスを逃したら、もっと勿体ないよ」

「それは分かってるよ。でもなぁ……」

たしかに島田の気持ちはよく分かる。けれど僕は何もしてやれない。むしろ僕の方がどうにかして欲しいくらいだった。

「梁艶は好きな女の子いるのか」

「えっ？　……いないよ」

「隠すなよ。北原えりに迫られてたじゃないか」

「あれは違うよ。向こうが勝手に絵画のモデルになってくれって強引に言い寄って来ただけだよ。俺は、ああいう女は好きじゃないよ」

「ふん。モテるな。俺も言われてみたいよ、そんなこと」

「好きな女の子に言われるんだったら嬉しいけどな」

僕の気持ちを察した島田は苦笑する。

「でも、あの色っぽさには抵抗できないな。好みと性欲は別だからさ」

島田の最後の一言は、十六歳という少年期最後の時期に、まだ女の子の肌に触れた経験のない僕の心を少しだけ沈ませた。

「あっ、来た来た」

その時、折よく到着したバスに注意を引かれた島田は、元気を取り戻し、性欲という生々しい言葉の響きに酔ったようにフラフラと歩き出した僕は、姉を思いながらバスに乗り込んだ。

姉の摩莉に恋人がいることは知っている。相手は、大手電器メーカーで海外との取り引きに従事する語学が堪能な男だ。以前、一度だけ家に来たことがあるので、育ちの良さそうな雰囲気と、青木徹という名前だけは知っていた。けれど、相手がどんな男であっても、姉とその男が愛し合う姿を想像すると、たまらない情念に振り回され、不条理な恋に苦悩する僕の神経が疲れ果ててしまうのだ。

「二階に行ったら摩莉ちゃん呼んできて、夕ご飯にするから。……聞こえたの？　澄明」

帰宅したばかりの僕に、母は「おかえり」の言葉をかける代わりに言付けを投げかける。たいていの母親は娘よりも息子の方がかわいいという話を聞くが、僕の家には当てはまらなかった。

階段を上がり、奥の部屋のドアをノックした。

「姉ちゃん。ご飯だって」

「澄明、ちょっと来て」

姉に呼び寄せられるなんて珍しいことだ。僕は照れと喜びを隠し、ドアを開けた。

「なに？」

「さっきね、北原さんていう女の子から電話があったわよ。番号メモしておいたから、後でかけ直してあげたら？」

パソコンから離れた姉は、メモ用紙をヒラヒラさせながら歩み寄ってきた。

「なんだ、あいつか」

「同じクラスの子？」

「うん。憂鬱だな」

思わず本音を漏らし、受け取ったメモ用紙を制服のポケットに押し込んだ。

「仲のいい子じゃないの？」

「全然。勝手なことばっかり言う女なんだ」

「話してみると印象が変わることもあるわよ。電話ぐらいしてあげたら？」

隠花植物のような僕の心情を知らない姉は、健全な高校生の良識ある異性交友を奨励し、柔らかな甘い香りを残して階下へ下りて行った。

所詮、姉弟なんてそんなものだ。それが普通で当たり前なのに、姉の対応に物足りなさを感じ、ひどく切ない思いを抱いてしまう。

「仕方ないよな。知らないんだもん」

だが、もしも気づかれたらと思うと嫌悪に歪んだ姉の顔が見えそうで、身体の芯が冷たくなるような気がした。

毎晩、八時の夕食に間に合わない父は、九時すぎに酒臭い中年の親父然とした体型とくたびれ方で帰宅する。けれど、重機メーカー勤続三十年のエンジニアで、酒と息子を愛する僕の良き理解者だけに、母に対する反抗期はあっても父に対する反抗期はなかった。

我が家では、母は出来の良い娘を愛し、父は出来の悪い息子を愛し、娘と息子はそれぞれ別の存在に向かって心を痛めていた。

「摩莉ちゃん、青木さんと、その後どうなってるの？」

食卓を囲んで楽しくもない夕食がはじまると、母は姉の交際相手との進捗状況を聞きたがり、僕の神経を逆なでする。

「海外転勤、決まったんでしょう？」

「でも、私は行きたくないから、そう言ったら雲行きが怪しくなってきたの」

「どうして行きたくないの。ベルギーなんて、めったに行けないじゃない」

「観光で行くわけじゃないのよ。相手の都合に合わせて、仕事を辞めて、ただ付いて行くなんて嫌よ」

「だって三年ぐらいなんでしょう？」

「海外転勤の話が出る前から、うまく行ってなかったのよ。今度の話が別れ話になるかもしれないの」

僕は内心、躍り上がりたいほど嬉しかった。さらに、いっそのこと別れてしまえと口に出せない興奮が目の光に強さを与え、味覚さえも変えた。

その時、キッチンの隅にある電話の子機が鳴りだし、即座に手を伸ばした僕は機嫌よく応対した。

「はい、梁艶です」

「澄明くん？　北原です。さっき電話したのよ。でも、まだ帰ってないって言われたから、また電話したの。さっきの人、お姉さん？」

えりの声を聞いた途端、食欲が減退し、興奮の熱が一気に冷めた。

「なに？」

「モデルの件よ。ねぇ、ＯＫでしょう？」

「悪いけど他の奴に頼めよ。じゃ」

「ちょっと待ってよ！　何よ、せっかく女の子が電話したのに、ずいぶん無愛想じゃない」

えりは、にべもなく断られたことが面白くないのか恨みがましいことを言い、簡単には電話を切らせない。

「ねぇ、モデルになるのが嫌なの、それとも私が嫌なの？」

今度は白黒をつけるような言い方で逃げ道を塞ごうとする。

「なんで俺にばっかり、そんなこと言うんだよ」

「分からないの？　……好きだからよ」

えりの思いがけない一言に言葉を失った。

「ねぇ、女の子から好きって言われて、どう思うの？　まさか本当に女嫌いなわけじゃないんでしょう？」

母と姉の前で返答に困り、仕方なくテーブルを離れると自室へ逃げ込んだ。

「ねぇ、黙っていないで、なんとか言ってよ」

「好きな人がいるんだよ。だから悪いけど断る」

「誰？」

「知らない人だよ。大学生」

「うそ」

「うそだろうが本当だろうが関係ないだろう？　俺だって好きな人のことで頭がいっぱいなんだ。もう放っておいてくれよ」

えりの執拗さに腹が立ち、思わず感情的な声で嫌悪感を露にしてしまった。

「分かったわ。梁艶くんが好きな人って、どんな人か見てみたい。じゃあね？」

えりは最後まで強気な態度で電話を切った。

「まったく執念深そうな女だな。会うのが益々嫌になった」

えりに対する本音を呟き、キッチンへ戻ると母の姿はなかった。

「いないの？」

「お母さん？」

「うん」

「お隣へ行ったのよ」

「ふぅーん」

僕は、姉と二人きりの緊張感をかき消すように途中だった食事に手をつけた。

「喧嘩したの？　さっきの女の子と」

「なんで？」

「声が聞こえたから」

「しつこいんだよ。美術部員で、俺に絵画のモデルになってくれって言うから断ってるのに、嫌いなのかとかなんとか言って」

「情熱的な女の子なのね」

「迷惑なだけだよ。勝手で、生意気で、頭にくるんだ」

姉は、年の離れた弟の他愛ない悩みほどにしか思っていないらしく、微笑みながら耳を傾けている。

「でも、女の子に好意を持たれたら気分いいんじゃない？」

「相手によるよ」

「ほかに好きな子いるの？」

一瞬、箸を持つ手が止まり、喉がつかえそうになった。

「いないよ」

「ふぅーん」

姉は、のんびりとした相槌を打つと、それ以上は訊かず、流しに積まれた食器を洗いはじめた。

僕は、冷蔵庫から取り出したスポーツドリンクを飲みながら、姉の後ろ姿を眺めた。

「姉ちゃん。身長いくつ？」

「えっ？　六十九」

「体重は？」

「五十キロぐらい」

「スリーサイズは？」

「どうしてそんなこと訊くの？」

「友達に訊かれたんだよ。ねぇ、どれくらい？」

姉の背中にならなら、なんでも言えそうな気がし、普段知りたいと思っていたことを次々に質問して行った。

「八十六、六十一、八十六」

「そういう数字が、そういうカッコイイプロポーションになるんだ」

「なに煽ててるの？　何か欲しい物でもあるの？」

ふいに振り返った姉と目が合った途端、気恥ずかしくなり、残りのご飯を掻き込むと二階の自室へ逃げ込んだ。


姉弟で愛し合う実例はないものかと探してみたが、ある歴史小説で読んだ姉の大伯皇女と弟の大津皇子との美しい姉弟愛ぐらいしか見当たらなかった。

しかし、どんなに自分が恋い焦がれても、姉が自分に恋愛感情を抱く可能性は皆無に等しい。それが分かっていながら、無駄な情熱に封印をすることができなかった。

そんな、ある日曜日の午後。

自室のベッドに寝転がり、ＦＭのヒット・ポップスを聴きながら、二、三日前にやっと手に入れた姉の写真を眺めていると、綺麗なメロディーのラブソングが流れてきた。

その音楽に耳を傾けていると、緩慢な空気の流れはフワフワと心地よく、僕の身体のあらゆる感覚器官をうっとりとさせた。

寝返りを打ち身体を横にすると、自由になった左手がジーンズのファスナーを下ろし、膨らみはじめた欲望に刺激を与えはじめる。

まもなく、痺れるような快感が一気に広がり、乱れた呼吸と共に一点に昇りつめた意識が遠のいていく。

やがて、燃えるような欲情から解放された脱力感の中で、心地よい余韻に浸りながら吐息を漏らし、ゆっくりと目蓋を開いた。その時、ベランダで動く人影を捉えた。瞬間、血の気が引いた。

見られた！　姉に？

咄嗟に身体を起こし冷静さを取り戻すと、左手の中に残った暖かな粘液が享楽と罪悪の成れの果てのように薄汚く見え、こぼれ落ちた逸楽の雫がシーツに染みを作っていた。その天使の翼のようにも悪魔の顔のようにも見えるシーツの染みは、荒い落とせない心の染みのようにも思え、秘密を覗き見された居心地の悪さに焦りを覚えた。

僕は汚れをティッシュ・ペーパーで拭き取り、姉の写真を机の引き出しの奥に仕舞うと耳をすまし、隣室の気配を窺った。

「……いないのかな」

無人のような隣室の気配に不安が募りはじめると、取り返しのつかない失態だったと悔やむ反面、思春期には誰でも経験する自然の行為であると考え直し、臆病な自分を勇気づけるには開き直ればいいと思った。

僕は、スポーツバックから取り出した煙草に火を点けるとベッドに転がり、さきほどの人影を思い浮かべた。

ベランダに背を向けていたため、部屋の壁に映った人影が誰なのか、何の目的でどういう動きをしていたのかまでは分からなかったが、今日は母も姉も家の中に居るはずだ。とすれば、二人のうちのどちらかだ。

その時、階下から姉を呼ぶ母の声が聞こえ、隣室から静かに出て行く姉の気配がした。

「やっぱり姉ちゃんか」

確信を持った僕は、その後の様子を探ろうと耳で姉の行動を追った。

階下で姉を待ち受けていた母の声は大きく、花や観葉植物を見に行きたいという内容の会話が聞こえたが姉は頷くか首を振るだけのようで声が聞こえない。すると母は隣家の主婦の名前を口にし、一人で出かけた様だった。

姉は、そのまま居間に残ってテレビを観はじめたらしく、コマーシャル・ソングが聞こえてきた。

「二時か。……映画でも観るのかな」

姉の居場所と行動が分かると多少気持ちにゆとりができた。

「のど乾いたな」

しかし、焦燥感は薄れたものの、緊張感と羞恥心が残る僕に部屋を出る勇気はなかった。

その時、階下で鳴り響く電話の音が聞こえた。受けるのは当然姉だ。

僕は、姉の会話を聞き取ろうと神経を尖らせた。

と、まもなく階下から僕を呼ぶ姉の声が聞こえた。

「澄明。北原さんから電話よ」

電話の相手が北原えりだと分かると気が滅入り、好きな百合の花を目の前に、嫌いな薔薇の花を手渡されるような気がした。

憂鬱な気持ちで階下へ下り、間の悪い状況を恨みつつ居間に入ると、姉は壁にもたれかかりバレーボールの試合を観戦していた。

「もしもし」

「梁艶くん？　ねぇ、今の人、お姉さん？」

「うん。なに？」

「今から会いたいんだけど」

えりは、いつも身勝手な都合で僕を困らせ、答えもイエスでなければ始末におえない。

「会ってどうするの？」

「それは会ってから決めることよ」

えりは無関心な僕に火を点けようとしているようだったが、不条理な片思いに苦悶している僕に、健全な恋の鞘当ては疎ましいだけだった。

「俺なんか相手にしないで、その気がある奴を誘えば？」

「誰を選ぶかは私が決めるのよ。たとえ相手に気がなくても私は諦めない。ねぇ、とにかく会って。来られないんだったら私が会いに行くから」

「ちょっと待ってよ。俺にも都合があるんだよ。悪いけど今日は駄目だよ。行けないから」

「そんなに嫌いなの？　私が」

「だから……」

背中に感じる姉の存在が唯一の言い訳を阻止してしまう。

「好きな人がいるのに今ごろ家にいるなんて変よね。まさか、お姉さんが大学生なんじゃないでしょう？」

「変なこと言うなよ。……分かったよ。で、どこへ行けばいいの」

「美術館」

「美術館？　絵画でも観るの？」

「梁艶くんと本物のローマ彫刻を比較したいの。三時に入り口で待ってるから。じゃあね？」

どこまでも身勝手なえりに結局は思い通りに動かされた腹立たしさと嫌悪感が怒りに変わり、冷蔵庫から取り出したコーラを一気に飲み干すと、アルミ缶を握り潰した。

そんな僕の様子に構わず、姉は穏やかな声で呑気に言った。

「澄明、私もコーラ飲みたいな」

「ん？　うん」

姉の要求には、すべて応え従いたくなるような誘引力がある。

僕は、『ノートルダム・ド・パリ』に登場するカジモドを思い浮かべ、恋しい女に花束を手向けるように姉に缶コーラを手渡した。

「ありがとう。最近、バレーボール観戦しないのね」

姉はテレビ画面から目を離さず僕の興味を引き寄せる。

「スター選手がいないから」

「誰がお気に入りだったの？」

「山内美加」

「やっぱり美貌の選手に目が行くのね」

「だって美人だったもん」

話題に事欠かなければ姉との会話は心弾み、側にいるだけで嬉しかった。

「小学生でも美人は分かったの？」

「そりゃ分かるよ。まぁ、姉ちゃんの方が綺麗だとは思ってたけど」

「ふっ」

姉は笑い飛ばしながらも何気なく僕の表情を窺う。

「あ、ちょっと出かけてくる」

「デート？」

「違うよ。無理やり付き合わされるだけだよ」

「お金あるの？」

「あぁ、まぁ」

「ちょっと待ってて」

僕の頼りない返事に苦笑した姉は、居間を出ると二階に上がり、まもなく財布を持って戻ってきた。

「率直で礼儀正しい女の子は根が真面目で正直なのよ。お付き合いすれば分かるから、大切にしなさい」

そう言いながら、姉は小さく折り畳んだ一万円札をジーンズのポケットに押し込んだ。その助言と手の感触が、ポケットの内側に痺れるような快感を広げ僕を苦しめた。

「ありがとう」

素直に感謝の一言を返すと、姉に刺激された切ない痛みに堪えながら、ポケットの中の一万円札を握りしめた。

市立美術館は遠くから眺めるとアートの森という雰囲気を漂わせているが、館内は殺風景で、絵画にさほど興味のない僕は退屈で仕方がなかった。

ところが、えりに付き合い常設展の絵画を眺めた後、〈世紀末と象徴主義〉と題された企画展覧会場に足を踏み入れてまもなく、一枚の絵画の前で足を止めた。

「モロー、好きなの？」

えりは目元にやさしい輝きを溜め、静かに尋ねた。

「うん。あとコローとか、ダリ、クリムト、トマ・クチュール、レヴィ・デュルメールとかは好きだけど」

「よく知ってるわね」

美しい花が驚いたような笑顔でえりが見つめる。

「幻想絵画とか宗教画には興味があって、時々図書館で美術全集なんて借りるんだ。とても高くて買えないから」

「本当？　私もそうなの」

「へぇー。じゃ、どういうのが好き？」

僕の興味が、ほんの少しえりに向く。

「ミケランジェロの『ピエタ』とか、ヤン・ブリューゲル二世とか、ダリが好き」

「あぁ、ピエタは綺麗だよね」

えりは、しなやかな笑顔で相槌を打つと、「好み、似てるのね」と一言を返し遠慮がちに手を握ったが、以後なぜか寡黙になり、隣接の公園に向かう頃には、すっかり印象が変わっていた。

「いい匂いするね」

「金木犀？」

「それもあるけど。なんとなく、果物の香りがするんだよ」

「コロンね」

えりは小さな声で応えた。

「つけてるの？」

「ちょっとね」

ほんのり頬を赤らめたえりから、また果実の香りが漂ってきた。

「いちごの匂い？」

「うん。木イチゴをイメージした甘酸っぱい新鮮な香りって書いてあったから」

「あぁ、そんな感じ。でも、いい匂いだね」

「本当？」

「うん」

その時、恥じらいながら俯いたえりの印象は、刺のある真紅の薔薇から鮮やかなピンクのかわいい薔薇に変わった。

「あの、モデルの話、俺やってもいいよ」

「本当？」

頷くと、えりは繋いでいた手を大きく振り、冗談めかしに僕の手にキスをした。

その唇の柔らかさに僕は驚き、身体中の感覚器官が敏感に感応した。

「いつから？」

「いつでも」

「美術室？」

「できれば、うちのアトリエに来てほしいけど」

「アトリエなんてあるの？」

「うん。おじいちゃんが作ったんだけど。そこ、結構いい感じで、寝泊まりも出来るから私の部屋にしてるの。今度、見に来て？」

えりは華やかな笑顔で謙虚に誘う。

「うん。今度ね」

率直なえりのデリケートな一面に魅力を感じた僕は素直に答え、多くのカップルに占領されたベンチから離れた芝生に腰を下ろした。

すると、それまで止んでいた公園中央の噴水が空に向かって一斉に放水を始め、同時に一組のカップルが抱擁し、別のカップルがキスをした。

僕は咄嗟にスニーカーの紐を結び直し、えりの視線は噴水の中に出来た虹を捉えた。

「綺麗ね。あの噴水の中の虹」

えりの声には透明感があった。

僕は、虹の美しさよりも、豊かな感性を素直に表現するえりの横顔に目を向けた。

「なに？」

僕の視線に気づいたえりは微笑んだ。

「ううん。なんでもない」

僕が視線を逸らすと、えりも視線を逸らした。

そして再び僕の視線がえりの横顔に流れると、えりの視線も僕に流れ着く。

「ふっ」

照れ臭い。けれど目が離せない。そんな視線同士が会話をはじめる。

（ねぇ、なにか言って）

（……綺麗だ）

（それだけ？）

（……キスしたい）

その思いが、えりの唇に集まると、二人は徐々に接近し、柔らかな唇が触れ合った。

物音が止み、心がときめき、真摯な眼差しが絡み合う。

えりの両手が僕の首に回され、自然に抱き合うと、再び唇が重なり合った。

「……前から好きだったの。つき合って」

「……うん」

耳元で囁いたえりに、僕は本気で答えた。


中途半端な季節から寒さを覚える季節に移行すると、僕とえりは心と身体を温め合う関係を求めはじめた。

二学期の期末テストを前に、えりは自宅の離れに僕を案内しながら家庭環境を淡々と語った。

えりの話によると、今年に入ってまもなく両親が離婚し、春休みを迎えると同時に母の実家であるこの家に移ってきたが、父親の元に残った大学生の兄とは連絡を断ち、現在この家で暮らす祖母と母親と中学生の妹たちは、皆この家の主のような顔で気ままに暮らしているという。

その中で、熱心なクリスチャンの祖母は毎朝教会のミサに出かけ、信者仲間と教会月報の編集に参加しながら、教会に貢献し地域に奉仕する修道女のような生活を楽しんでいる。

また、母親は化粧品の訪問販売代理店として忙しく、法人化した会社の事務所に顔を出す時以外は、ほとんど外出しているらしい。

そして、ヴァイオリニストを目指す妹は、毎日レッスンを終えて帰宅するのは零時近く。

「だから家に居るのは私ぐらいなの」

「ふぅーん。それで、ここがおじいちゃんが作ったアトリエ？」

「そう。去年死んじゃったけど、一応、無名の画家だったの」

「それは、趣味ってこと？」

「そうとも言えるけど、本人は趣味って言われたくなかったのよ」

お気に入りのアトリエで、かわいい女の子の地を露にしたえりは甘い紅茶をすすめる。

「紅茶にジャムなんて入れるの？」

「うん。ロシアンティーはね。飲んでみて？」

シンプルなデザインのティーカップに注がれたロシアンティーは口当たりの良い繊細な甘さに、えりの心根と心情を溶かしたような味がした。

「どう？」

「心温まる上品な甘さかな」

「ふふふ。それが私の気持ちなのよ」

三十畳ほどの、かわいいペンションようなアトリエの真中を、アコーディオン・カーテンで仕切り、左右の出窓に七色のブラインドが下がる素敵な隠れ家。そこに香り立つ温かなイチゴジャムと木イチゴのコロン。

「ここに一人で居たい気持ち、分かるな」

「でしょう？　それにベッドもあるの。ほら」

可憐な笑顔のえりが自慢げにアコーディオン・カーテンを開けると、奥の壁ぎわにセミ・ダブルのベッドが見えた。

「ふぅーん。もうすっかり、えりの部屋なんだね」

「昼間はね？　でも夜は母屋に戻るの。一人じゃ恐いから」

「ふっ。案外かわいいこと言うんだな」

えりに聞こえないように呟き、改めて見回したアトリエは、素敵な殺風景さの中に意味がありそうな乱雑さが相性よく溶け合い、空気にまで色を染めたような独特の魅力があった。

「あの机の上の石膏像、誰？」

「私が造ったナルシス。自分に似てると思った？」

「いや、ああいう顔の石膏像は見たことないからさ。普通、ゼウスとかダビデとか、もっと厳つい顔してるのが多いだろう？」

「神話に登場する美少年だってあるわよ。ヘルメスとか、アポロンとか」

僕の単純な思いつきに真面目に答えようと、えりは窓際の書棚から美術本の一冊を取り出すと丹念にページを捲りはじめた。

「いいよ別に探さなくても」

「だって……」

かわいい画家は、姉が言った通り根が真面目で正直なやさしい女の子なのだと思った。

「美大、受験するの？」

「ん？　うん。澄明は？」

「私立の文系。数字に弱いし、頭わるいから」

「そんなことないじゃない。どうしてそんなこと言うの。誰かに言われたの？」

正義感が強いえりは、僕の弱気な発言に即座に反論した。

「言われなくても、常にそういう目で見られているのは分かるんだよ」

「家族？」

僕は頷いた。

「それなら私も同じ」

えりは手元の美術本を力なく閉じるとテーブルに戻り、隣に座った。

「うちなんて、シスター崩れみたいなおばあちゃんと、見栄とプライドを愛するお母さんと、優等生で品行方正な妹の中で、私だけが取り柄のない不良娘だもん」

「お父さんと兄貴は？」

「お父さんは銀行の支店長なの。でも、兄貴はね……」

そこで言いよどみ、頬杖をついた。

「どこの家にも問題はあるよね」

「梁艶家の問題は？」

「俺だけ」

「どんな問題？」

えりは澄んだ瞳の、やさしい眼差しを向ける。その眼差しに応えられない僕は視線を逸らした。

「お姉さんて何歳なの？」

えりの興味が姉に向くと、心のガードが強固になる。

「二十五」

「職業は？」

「化学繊維会社の研究員」

「へぇー。じゃ、聡明で美貌の人なんだ」

「どうして？」

「だって研究員なんて、大学院卒業しなきゃ、なれないんでしょう？」

「そんなことないと思うけど」

「それに、顔だって似てるんでしょう？」

「……まぁ」

「じゃ、自慢のお姉さんね」

好意的な評価に肯定も否定もできず、甘いロシアンティーを飲み干した。

「お姉さん好き？」

「えっ？　なにそれ」

「だって、自慢のお姉さんを嫌うわけないもの」

えりの誘導尋問のような問いかけに動揺した僕は、上着のポケットから取り出した煙草をえりに差し向けると、頭を振って断った。

「私はね、おじいちゃんが大好きで、他人に言えない事でも、おじいちゃんには言えたの。おじいちゃんだけが私をかわいがってくれてたから」

煙草のパッケージを指先で動かしながら、えりは続けた。

「私はお母さんの連れ子で、お兄ちゃんはお父さんの連れ子で、再婚して生まれたのが妹なの。小学生の頃は兄妹の仲も良くて楽しかったんだけど、お兄ちゃんが高校生になった途端、私を見る目が変わって、家に誰もいなくなると私に手を出すようになったの。最初は信じられなくて、怖くて、誰にも言えなくて、ずっと悩んでたんだけど、ある時、ふと、おじいちゃんのことが思い浮かんで、逃げて来たの。その時、何も言わないのに、思いっきり抱きしめてくれて。あの時、おじいちゃんに抱きしめてもらえなかったら、自殺してたかもしれないな、なんて思うんだ」

容易には明かせない秘め事を、あっさり告白したえりは清々しい顔で微笑みかける。

「驚いた？　こんな話、突然聞かされて」

「どうして、そういう大事な話を聞かせたの？」

「きっと分かってもらえると思ったから」

たしかに、えりの兄の気持ちは分かるし、えりにも同情できる。けれど、どうして分かってもらえると思ったのか。

その疑問に答えるかのように、えりは僕を引き寄せると耳元で囁いた。

「お姉さん、好きなんでしょう。でも、誰にも言えなくて悩んでたんじゃない？　違う？」

えりのストレートな言葉は思いやりに溢れたやさしい言葉に聞こえたが、素直に頷くことができない僕は否定した。

「馬鹿なことと言うなよ。なに言ってるんだよ」

「馬鹿なことだとは思わないけど。でも、そう思うんだったら、私の話も分かってもらえなかったんだと思う。それは、すごく淋しい」

えりは、そう言うと、無理解な僕の肩に顔を伏せた。

「ごめん。言いすぎた。本当は、馬鹿なことだなんて思ってないよ。ただ……」

えりのように素直に心を開くことができない僕は躊躇し、困惑した。

すると、えりは「強く、骨が折れるくらい抱きしめて」と言った。

僕は、えりの言う通り、強く、やさしく抱きしめた。

「おじいさんて、こんな風に抱きしめてくれたの？」

「うん。それで救われたから、今度は私が澄明を抱きしめてあげたかったの」

えりは、柔らかな言葉と純粋な情愛で僕の本音を引き出し、抱きしめたがる。

「マクシミリアン・シュヴァビンスキーの、『魂の交感』知ってる？」

「ううん、それは知らないけど」

「私、あの絵画の女の人のように、澄明をやさしく包んであげたいの」

えりの素直な気持ちは暖かく、心の中に染み込んでくる。

「じゃ、どうすればいい?」

すると、静かに離れたえりは、僕の手を取って数歩進み、アコーディオン・カーテンを開けた。

「一人で寝ると寒いけど、二人で寝ると、あったかいのよ」

屈託のない笑顔とやさしい声で、西日が差す暖かな部屋に僕を誘い入れたえりは、アコーディオン・カーテンを閉じた。


姉に対する熱情は不健全で、えりに対する情愛が健全なのだと自分に言い聞かせる。けれど、湯上がりの悩ましい姿で目の前に現れた姉を見ると、僕の頼りない理性など脆くも崩れてしまう。

「澄明、さっき聴いてた音楽、誰の曲?」

洗い髪をタオルで包み込み、部屋に入ってきた姉は、僕が飲んでいた缶コーラを横取りし、尋ねた。

「ボンドの『ヴィクトリー』だよ。そこにあるCD」

机の端に置いたCDを手に取った姉は、「これ、いつ買ったの？」と訊く。

「このまえ。姉ちゃんにもらったお金で」

「他に使わなかったの？」

CDを机の上に戻すと、ベッドに腰を下ろし、飲みかけのコーラをよこした。

「使ったよ」

答えながら、パジャマの合わせ目に視線を流す。合わせ目は浅く、一気に飲み干したコーラのアルミ缶に力を加えた。

「えりちゃんと仲良くしてるの？」

「まあまあ」

「芸術家肌の女の子は繊細だから、やさしくしてあげないと可哀想よ」

最近、頻繁にかかってくるえりからの電話を受けることが多い姉は、えりの援護をするようなことを言い、僕の気持ちを察する気配など全くないように思えた。

そして、「さっきの曲、テープに録れておいて」とだけ言い残し、あっさり自室へ引き上げて行った。

「なんだい、さっさと出て行きやがって」

僕は、手の中のアルミ缶を思いっきり握り潰しベッドに横になると、隣室と自室を仕切る壁が〈モラル〉という絶対的な障害物のように思えて切なくなった。

えりと一緒にいる時、姉を恋しく思うことはあっても、姉の隣にいる時えりを恋しいと思ったことはない。

えりの肌の温もりは、ホットケーキのような柔らかさと甘い香りを放ち、触れることができない姉の肌の温もりは、ベルベットのような柔らかさと滑らかさの上に香水を一滴落とした大人の女の香りがする。

僕は、そのベルベットに抱かれてみたかった。だが望みを叶えてくれるのは、夜の夢に現れる幻の姉でしかない。

不安定な吊橋の上で、嫌がる姉を引き留め無理やり連れ去ろうとしているのは、姉の恋人の青木だ。

姉は僕の名前を呼びながら必死に青木の腕を振り払い、逃げ出そうともがいている。

その姉を前にしながら障害物に足をとられ、なかなか前に進めず焦り苛立っている僕がいる。

姉と僕の想念は呼応し続け、まもなく目に見えない大きな力が働いた瞬間、あらゆる障害物が取り除かれ、自由になった姉と僕は走り寄り、抱きしめ合うほどに無常の喜びと幸福感に酔いしれた。

その腕の感触が、いやに生々しく感じられ、奇妙な感覚を抱きながら目を開けると、姉がいた。

「どうしたの？　怖い夢でも見たの？」

「なんだ、夢か」

「起こしに来たら、いきなり腕をつかまれたから驚いちゃった」

「俺だって、びっくりしたよ」

照れ臭さのあまり憮然とした僕に、姉は涼しい顔で用件を伝える。

「島田くんから電話よ」

「島田？　あぁ。あと五分ぐらいしたらかけ直すって言っておいて。携帯だよね？」

「うん。でもどうして五分も待たせるの？」

姉は不思議そうな顔で問い返す。けれど、毎朝の異変とベッド内の事態を説明するわけにはいかない。

「悪夢のおかげで脳が動かないんだよ」

と、尤もらしい言い訳で、その場を取り繕った。

「じゃ、シャワー浴びてるって言っておくわね」

「うん。あっ、やっぱりトイレに入ってるって言っておいて」

「どうして？」

ドアを開けた姉は、ついでのように訊き返す。

「女みたいだって思われるから」

「ふっ。分かった」

姉がクスクス笑いながら階下へ下りると、すぐさまトイレに駆け込み悪夢で膨らんだ姉への切実な思いを、トイレの水と一緒に流して消した。

五分後。再び島田から電話があり、折よく階下へ下りた僕が電話を受けた。

「はい、梁艶です」

「あっ、澄明？」

「あぁ、島田か。さっきは悪かったな」

「はっ、いいよそんなこと。それより、やったよ」

元気な島田の声は今朝の太陽のように輝いている。

「何をやったんだよ」

「三年の中山さん。ＯＫしてくれたんだよ。つき合ってくれるって」

「本当か？　よかったな」

「うん。もう、無上の喜びって感じ」

島田の歓喜は、僕をも快く巻き込めるものだ。

「じゃ、アイスクリームぐらい奢れよ」

「ＯＫ！　澄明のアドバイスに感謝して、そのぐらいは返すよ」

「お前の熱意と度胸の賜物だろ」

「ははは。あぁ、俺そろそろ出かけないと遅れるから。じゃ、また後でな」

島田の喜びは純粋な達成感から出たものだ。今日の島田は昇天するような幸福感で授業など上の空になるに違いない。

僕は羨ましい反面やはり島田の純粋な恋に荷担してやりたかった。

「澄明、身長伸びたな。八十くらいあるのか」

朝食には顔を合わせられる父は、食卓に着いた僕に明るい笑顔を向ける。

「ないよ。七十八」

「そうか。でも、あと一年あるからな。五センチは伸びるだろう」

「八十三あると、カッコイイんだけどな」

「バレーボールでもやってたら、そのぐらいになるんじゃないの？」

姉が高校時代バレーボール部の主将だったことから、スポーツの話題になると母は必ずバレーボールを持ち出す。

「もっとデカイよ。九十以上ある奴ゴロゴロいるもん」

「ふん、ゴロゴロいるのか。摩莉も高校の時よく言ってたな。あと十センチ欲しいって」

「スパイクの決定率が違うのよ。全国レベルでトップクラスの選手は、ほとんど八十以上あったわよ」

「全国レベルなら、それぐらいあるだろう。今の全日本の平均身長は、女子で百八十ぐらいあるだろうな」

父は、毎朝交わす親子の短い会話を楽しみながら、息子の成長ぶりに目を細め、どんな時でも必ず僕を援護してくれた。

「澄明、昇段試験、受けるのか？」

「うん」

「今度は二段か」

「うん」

「そういえば昨夜、成章さんから電話があったけど。法事のことで」

「あぁ。今夜、兄貴の所に寄ってくるよ」

母が別件の話題で割り込むと、なぜか父の顔から明るさが消え、それまでの空気が一変し静かな朝食に変わった。

十二月十日は夭折した父の末弟、丈明叔父の命日だった。

小学生の時、父は叔父の命日近くになると僕を墓参りに誘ったが、結婚二年目に事故で亡くなった叔父夫妻の命日に、なぜ僕を連れて行きたがるのか腑に落ちず、中学生になると父の誘いを拒絶した。

そして叔父夫妻の命日が過ぎると僕の誕生日が近づき、十二月二十一日で十七歳。翌年の一月二十五日が姉の誕生日で、二十六歳になる。

姉は毎年、僕の誕生日には高価なプレゼントを用意してくれる。昨年は、TAKEO・KIKUCHIの腕時計だった。今年はなんだろう……？　そんなことを考えながら朝食を済ませ、居間に入ると電話が鳴った。

「はい、梁艶です」

「もしもし、青木と申しますが、摩莉さん、いらっしゃいますか？」

「……はい、少々お待ちください」

一瞬、敵意と嫉妬に駆られ、ためらった後、姉に声をかけた。

「姉ちゃん、電話」

「誰から？」

「青木さん」

すると、緩慢な足取りで居間に入ってきた姉は僕の肩に手を触れ、そっと耳打ちした。

「出かけたって言って。小さい声で」

僕は頷き、父と母の耳に届かない程度の声で青木に伝え、受話器を戻した。

「何か言ってた？」

姉は不安気な顔で尋ねた。

「帰宅は何時ぐらいかって訊かれたから、毎晩零時近くですって言っておいた」

「うん。ありがとう」

「どうして携帯にかけないの？」

「留守電にしてあるから」

その時すでに、姉の気持ちは青木から離れていたらしく、以後、青木からの電話にはことごとく居留守を使い、その応対を僕が引き受けることになってしまった。

それから十二月に入ってまもなく、姉が青木と訣別したことを知った時、あの夜の夢が正夢だったことを確信した僕は、思わず勝ち鬨をあげた。

十二月二十一日。十七歳の誕生日を迎えた夜。

図書館で借りた美術全集を眺めていると、ノックの音と共に自室のドアが開いた。

「澄明。誕生日のプレゼント。VOYAGEの赤いシューズよ」

ドアの前で、プレゼント用にラッピングされたカラフルな箱を掲げた姉は、見るからに酒に酔った様子で歩み寄ると、そのまま隣に座り込み、ベッドにもたれ掛かった。

「酒臭いな。結構呑んだの？」

「……うん」

うなだれたまま気怠そうな返事をする姉を前に、困り果てた僕はとりあえずベッドの回りを片づけ、ミネラル・ウォーターを手渡した。

「ねぇ、この前テープに録れてくれたあの曲、聴かせて」

「ボンドの『ヴィクトリー』？」

姉は頷くと身体を滑らせ、次第に後方に傾きだした頭部がベッドに沈むと同時に目を閉じた。

僕は、何曲目まで姉の耳に入るのだろうかと思いながらCDをセットし、寝入った姉を運び出す手順などを想像しながら寝顔を眺めた。

弟の前で無防備な姉は、大理石のような美しい肌をイタリア製のパンツ・スーツで覆い、その一部を喉元からわずかにのぞかせている。

そこに、この前まで下げていたネックレスは無く、青木からのプレゼントは消滅していた。

僕は、流れている音楽のボリュームを下げ、姉の姿態に視線を這わせた。

呼吸に伴って動く上着の合わせ目から、胸の膨らみが強調されるシャツに下着の線が浮いて見える。さらに、細い腰を覆うように置かれた片腕と、僕の腰近くに投げ出された、もう片方の腕。

僕の視線は指先から閉じられた目蓋へとゆっくり上り、唇、首筋、胸、腰からつま先へと流れ落ち、再び目蓋へと戻った。

アルバムCDの七曲目に入ると、姉の軽い寝息が聞こえ始め、口元にそっと耳を寄せ規則正しい寝息のリズムを聞き取った僕は、目蓋を凝視した。

眼球の動きはない。熟睡したのだろうか？

それを確認しようと指先に触れてみる。反応がない。次に肩に触れてみる。やはり反応がない。

僕は閉じられた目蓋を見つめながら恐る恐る手を伸ばし、頬に、唇に、首筋から胸の膨らみへと指先で触れて行き、腹部から腰に回した手に力を加えた。姉は無反応だった。

僕は息を呑み、姉の寝顔を見つめながら顔を寄せると、静かに唇を重ねた。

カクテルに浮いたサクランボのような香りと感触に胸が高鳴り、罪悪感に怯えた唇が震え出す。身を引こうとした。刹那、甘いワインのような味の舌に絡め取られた。

驚いた僕は目を見開いた。

（熟睡していたはずなのに。……）

さらに焦る僕の首に姉の両手が回され、思わぬ事態に慄きつつも身動きがとれなくなった。

（どうしよう。逃げ出したい）

だが、ここで抵抗を試み目覚められては弁解のしようがない。そう思い、理性と欲望の狭間で苦悶しながら姉の動きに合わせて行った。

しばらくすると姉の熱い頬が僕の首にまつわり付き、甘い吐息を這わせながら抱きしめてくる。

青木と勘違いしてるのだろうか。あるいは、他の誰かと……。

姉の思いがけない反応に狼狽しつつ、考えられる勘違いの原因を推察してみた。だが、そうしている間にも姉の求めは過熱して行き、逆らいきれなくなった僕の片手が姉の衣服の下から滑るように進入し、勢い余って体制を崩した瞬間、姉の目蓋が開いた。

一瞬、見開いた姉の目に、硬直し強ばった僕の顔が映った直後、再び目蓋が閉じられた。

愕然とし、力なく姉から離れた僕は背を向け、途方に暮れたままひたすら詫びた。

「ごめん。どうかしてたんだ。……本当に、ごめん」

失態を恥じ、後悔し、心から謝罪をしたが、姉は何も返してはくれなかった。

だが、もうすぐ姉は出て行き、以後、軽蔑の目で疎まれ、嫌悪と恥辱に充ちた自分の姿を視界と意識から遠ざけるに違いない。そう確信し、部屋を出た僕は階下に下り、冷たいキッチンの椅子に座ると冒した行為を悔やみながら頭を冷やした。

(こんなことになるなんて。……どうして今夜に限って俺の部屋で酔い潰れたりしたんだ！)

取り返しのつかない問題を起こし自己嫌悪に駆られる一方、姉の不可解な行動に怒りを覚え、収集のつかない感情に呪縛されて行くような気がした。

「どうしよう……」

常軌を逸した弟の狂態を目の当りにした姉は、恐怖とショックのあまり自室のベッドにうずくまり、弟の足音に神経を尖らせているに違いない。

深夜の静寂の中で後悔の念がとめどなく広がり、自責の念が鉛のような重い塊となって心の底に沈んで行った。

それから三十分ほど経過した頃、その鉛のような重い心を引き摺ったまま階段を上がり、自室のドアを開けると、闇の中で消し忘れたCDラジカセのスイッチが、貧者の一灯のように光っていた。

僕は安堵と絶望の吐息をつき、姉が消したはずの照明スイッチに手をかけた。その時、闇に慣れた目が、ベッドの中の姉を捉えた。

（まさか！）

戸惑いつつ歩み寄ると、壁ぎわに寝返った姉の背中が僕の視線を無言で受け止めている。

寝入っているのだろうか？

それを確認する勇気も手立てもないまま後じさりすると、足元にあった姉のコートを毛布代わりに冷え切った身体を横たえた。

しかし、五分もすると室内の冷気が身に応え、身体を丸めながら幾度となく吐息が漏れた。

すると、わずかに寝返りを打った姉が囁いた。

「寒いでしょう。ベッドに入りなさい」

冷えた身体が温もるような声音に不安がかき消された。だが、姉はどういうつもりなのだろう。気にしていないのだろうか？

訝り、ためらい、思案する。すると、姉は再び促した。

「風邪ひくわよ」

穏やかな抑揚の声に無理はなく、自然に従いたくなるやさしい誘引力が僕を手招き導いた。

しかし、狭いシングルベッドに並んだ姉との間に距離が設けられず、這い上がる情欲を握りしめたシーツで堪え、姉の気配に神経を尖らせる。

誘惑なのか拷問なのか。張り詰めた神経が救いを求め悲鳴をあげた。

その時予期せぬ事実と真実が、姉の口から告げられた。

「私たち、姉弟じゃないのよ。知らなかったでしょう？」

突然、何を言い出したのかと訝る僕に、中空を見つめながら姉は続けた。

「丈明叔父さんと遙子叔母さんが事故で亡くなった時、まもなく一歳の誕生日を迎える男の子がいたのよ。その男の子を引き取ったのがお父さんだったの。私が小学校四年生の時の話。それまで一人っ子だったから、弟ができて嬉しくて、おむつ替えもしたし、なんでもやってあげたくて、学校から帰ってくるのが楽しみだったのよ。お母さんは、男の子を育てた経験がなかったから溺愛はしなかったけど、その分、私になついてくれて、私の後ばかり付いてきて、それがかわいくて」

「……養子、だったの？」

自分の出生の秘密を知った途端、それまでの不満や疑問がことごとく氷解し納得できた。

母が姉にやさしく僕に冷たい理由。姉との年の差。父が叔父の法要に僕を誘った理由……。

謎解きが終わると、本来家族の一員ではなかった肩身の狭さと疎まれていたに違いない哀しみが、亡き両親への愛慕に取って変わり涙が溢れ出た。

その涙を拭い取った姉の温かい手が、そっと僕を抱き寄せる。

「大切なのは、出生時の関係じゃなくて、家族として接してきた信頼と情愛でしょう？

……でもね」

言いよどんだ姉の理知的な美貌から、微熱をおびた悩ましい女の素顔が顕れた。

「成長してくると、弟に見えなくなってきたのよ。あまりにも素敵な男の子になりすぎて。それで、困ったの」

姉の本音を聞いた時、甘美な夢を見ているような気がした。その、夢のような曖昧さの中で、まもなく確かな感触となった姉の唇が、恋愛感情の証しとなった。

「夢じゃないよね」

囁いた僕に、姉は頷いた。

「ずっと好きだった。でも、知られるのが怖くて……」

「分かってたわ。だから、苦しかったのよ」

同じ思いに揺れながら、同じ痛みを共有していた姉の苦悩が肌を通して伝わってくる。その苦悩を分かち合い、暖かな自戒の念で通じ合った時、それぞれの苦悶と悲壮感が、大粒の涙となって流れ落ちた。

「裏切られたような気がする」

アトリエへの誘いを断った時、えりはそう言った。

「まさかとは思うけど、お姉さんと関係があるの？」

「他人の心に土足で踏み込むようなこと言うなよ」

「綺麗ごと言わないでよ。私の心に靴だけ置いて裸足で逃げ出して行く気なの？　その方が汚いわよ」

えりと急接近した時と同じ公園の同じ場所で、今度は次第に僕の心が離れて行く気配に不安と怒りを覚えたえりは、以前の真紅の薔薇に戻った。

「俺の両親は、俺が一歳になる前に事故死したんだ。だから、今の両親は伯父伯母で、姉ちゃんは従姉なんだよ」

「なに言ってるの？　テレビドラマじゃあるまいし。そんな言い訳しなくてもいいわよ。はっきり言ったら？　もう私に飽きたって」

「言い訳じゃないよ。俺も最近まで知らなかったんだ。だから、市役所で戸籍を調べたら、長男と書いてはあったけど、特別養子縁組だって教えてもらったんだ。お父さんが裁判所へ行って、面倒な手続きをして、戸籍を見ても分からないようにしてくれたんだよ。でも、結局分かったけどね」

僕の出生秘話を聞かされたえりは、真摯な面持ちで口調を改めた。

「誰から聞いたの？」

「姉ちゃんから」

「どうして今頃になって聞かせる気になったの？」

その問いが、あの夜の出来事を蘇らせ、心のガードが再び強固になった。

「従姉弟の間柄だと分かれば心の負担が軽くなるものね。もし、私がお兄ちゃんを好きになっていたら、近親相姦に悩み抜いた末、澄明と出会うこともなく、おじいちゃんの後を追って……」

「もしもはないんだよ。もしも両親が健在だったらなんて考えても、意味がないじゃないか。知る必要があることは心の準備ができた時に自然に知らされるし、起こった問題は起こるべきして起きたこと。えりが兄貴を拒否したのは、禁忌の苦しみを経験する必要がなかったから拒否したんだと思うよ」

自然に湧き出た僕の言葉に耳を傾けながら、えりは真っ直ぐな視線で噴水を見つめる。

「えりは繊細で敏感で感性が豊かだから心の葛藤が多いと思うけど、それをストレートに表現するのは、キャンバスの上が一番いいよ」

僕が語り終えると噴水も止み、明日からの冬休みに楽しい思い出づくりを期待していたえりは淋しそうな声で笑い、せつなそうな顔で言った。

「澄明をモデルにした絵画、明日から修正しなきゃ。サロメを心から愛するシリアの若者をイメージして描いたけど、その悲壮美が消えたから、ギリシア神話の美少年をイメージして描き変えるの」

その時、ふと、モローの『オルフェウス』（オルフェウスの首を持つトラキアの娘）と、レヴィ・デュルメールの『サロメ』が思い浮かんだ。

モローが描く女性は高貴で柔らかい、しなやかな姉の印象に近く、レヴィ・デュルメールが描いたサロメは情炎の女を思わせた。

白百合と真紅の薔薇。

「なに考えてるの？」

「いや、別に」

「私、澄明のお姉さん、一度見てみたい」

「見てどうするの？」

「澄明の心を捉えて離さない唯一の女性を気がすむまで見つめて、納得すれば諦められると思うから」

えりは、サロメのような自分の情炎に気づかずにそう言い、射るような眼差しで僕の横顔を見つめる。

「見つめて気がすむんだったら誰も悩まないし、何を見せられても納得なんかできないよ。俺はそう思うけど」

姉への恋慕は根強く、微熱のように付きまとう苦しみを味わい続けている僕は、えりの嫉妬心と好奇心に同情などできなかった。

すると、えりは力なく顔を背け、悔し涙を流した。

僕は、その熱い涙に震える肩に思わず手を差し伸べた。

「うまくいかないように思えても、本当はうまくいってるんだと思うんだ。俺は、えりのように素直な感情表現ができないから、物足りないかもしれないけど、思ってることは同じだよ。思う相手が違っても、置かれた立場が違っても、悩みの程度に大差はないよ」

「それじゃ、辛いでしょう？」

「何が？」

「毎日、ただ見つめているだけの恋」

「……うん。すごく辛い」

自分でも驚くほど素直に答えた僕を、えりは快く受け入れた。

「みんな、辛いのね」

「うん。みんな辛いんだよ。ただ、言わないだけさ」

えりは、頬を濡らした涙を指先で軽く拭い、微笑みかけた。

「なんか、今の澄明って、すごく好き」

「……俺も、えりが好きだよ」

「同病相憐む？」

「違う。あまりにも正直で、哀しくなるくらいデリケートな、ピンクのかわいい薔薇だから」

僕が素直な気持ちを伝えたのは、姉に告げた恋愛感情と、えりに向けた、この時の言葉だった。

「ねぇ、何かあったかいもの食べに行かない？」

「うんいいよ。こんな日に公園で話し込んでるのは、俺達ぐらいだよな」

「でも、絵になるわよ」

ふいにベンチを離れ振り返ったえりは華やかな微笑みを浮かべた。

「どんな絵？」

笑顔で問い返した僕は、えりの横に並んだ。

「華やかな微熱。そういうタイトルの絵画よ」

「誰の絵画？」

「私が描く自信作。そのうち、また見に来てほしいな」

えりは、そう言いながら、遠慮がちに僕の横顔を見つめる。

「うん。また見に行くよ。かわいい画家のアトリエに」

「本当？」

「あのアトリエ、気に入ってるから。……画家もね」

えりの素顔に恥らいと笑みが広がり明るく輝いた。

「えりが軌道修正してくれたから助かったんだ。これからも、そばに居てくれる？」

「……仕方ないな。分かった。居て、あげる」

「ふっ。じゃ、握手」

親愛の情を込めて差し出した僕の手を、えりは柔らかな笑顔で拒絶した。

「どうして？」

「だって、冬の公園で握手なんかしても絵にならないもん」

その感性に困惑する僕に、えりは続けて言った。

「クリムトの代表作なら絵になるけど」

それが、『接吻』であることが分かった僕は、何も言わずにえりを抱き寄せ、その思いに応えた。

「コロン、変えた？」

「……うん」

「大人に近づいたような香りがする」

「だって、澄明が好みそうな香りを必死で探したんだもん」

「本当に？」

「本当よ。一日かかったんだから」

「ふふ。一日がかりで探した甲斐があったね」

「本当？」

「うん。本当」

互いに歩み寄る正直な気持ちが僕を愉快にさせ、えりの華やかな美貌を輝かせた。

根が正直で情熱的なピンクのかわいい薔薇も悪くはない。むしろ、僕に必要な生涯の伴走者は、えりのような女の子なのかもしれない。そう思った時、姉に抱いている苦しい恋から解放され、いつのまにか消えてなくなる近い将来を、予感した。

キングギドラの目の涙

森尾《もりお》秘《ひそか》は過激な女だ。当然口も悪い。しかし馬鹿ではなかった。この進学校に入学して以来、成績は常にトップクラスなのだから。

「あー、イライラする」

「生理前なの？」

僕のうっかり発言に、秘は、なにィ？　とばかり睨み返す。

「あっ！　違うの？」

「切れたから言っただけよ。なにビビってるの」

「切れた？」

こいつの様子からすると、薬《やく》か？

「あーあ、喫いたいなァー」

「マリファナ？」

「誰が学校でマリファナ喫うのよ。そんな孤独な芸能人の真似なんかするわけないじゃない」

そりゃそうだ。でも、そんな雰囲気あるけどな。

「透。持ってる？」

「あ？　煙草なら持ってるけど、金はないよ」

「分かってるわよ。最後の授業が化学ときたら、眠気醒ましに煙草の一本でも、と思ったけど、実験中にため息と一緒に口から火を吹きそうだから、やめとくわ」

確かに。顔だけ見たらミスコンに推薦してやりたいほどだが、中身はキングギドラのような女だ。いつ火を吹くか分かったものではない。

「ガムでも噛めば？　持ってんだ」

「当たり付き？」

「そんな駄菓子屋で売ってるようなやつじゃないよ。グレープ味のバブルガムだよ」

「なんだ。当たり付きならもう一個もらえるのに」

「当たれば、の話だろう？」

「うるさい男ね。夢があるのよ、当たり付きには」

「どうせ当たるんだったら、宝くじの方が、ずーっといいけどな」

「フン！　可愛げのない野郎。さて、爆弾の作り方でもお勉強してこようかしら？」

涼しい顔でそんなことを言い席を立った秘は、どう見ても全身美容サロンへ向かう金持ちの生意気娘にしか見えなかった。


厚木《あつぎ》透《とおる》。県立北高校一年。会話調で自己紹介すると、この程度だ。

秘は、クラスメイトであり彼女でもある。まぁ、口は悪いが、あれで結構情にもろい所があったりして、時々母性愛の塊みたいな優しさを披露する。それでなんとなく離れられずにいるようなものだ。

「透。『平和の賛歌』歌って」

昇降口を出たとたん、秘は言った。

「はぁ？　平和の賛歌？　なんで急に」

「そういう心境なの。幼稚園の時、教会の日曜学校でさんざん歌ったでしょう？　神の子羊、次は？」

「世の罪を除きたもう主よ、われらをあわれみたーまーえー」

「ふふん、渋い顔。錦織健みたい」

「錦織健？　……分かった。オペラの！」

「あっ、間違えた。高倉健だった」

「なんだよそれ」

「眉間に皺を寄せて苦しそうに歌ってたからよ」

「高倉健が平和の賛歌なんか歌うかよ」

「分かんないじゃない。案外、お風呂で歌ってたりして。それより、うちに寄って行かない？　あの人いないの。明日まで、恒例の代理店セミナーでオーストラリアへ行ってるのよ」

「オーストラリア？　去年はスイスで今年はオーストラリアか。リッチなんだな」

「どうせ会社持ちだもん、どこだって行けるわよ」

秘は、つまらなそうな顔で言い捨てた。

あの人――秘は、母親をそう呼ぶ。もちろん、僕の前でだけだが。

秘の母親は、下着の訪問販売代理店である。月収は、およそ一千万円。母子家庭でありながら高級マンションで優雅な生活を続けられるのも、「あの人」のおかげなのだ。けれど、一人娘よりも代理店としての見栄とプライドを愛している母親は贅沢と愛情を履き違え、十六歳の娘に中堅サラリーマン並みの小遣いは与えても、愛情を注ぐことが出来ないような神経をしている。秘が、そんな母親を「ママ」と呼ぶのは、本人を前にした僅かな時間のみとなる。無理もない話だ。

そして僕は、今日のように誘われた時だけ秘の自宅を訪問することにしている。もちろん、二人きりになれるチャンスと、安っぽいホテルなどとは比べものにならない豪華な部屋を提供されるからだが、そりより何より、僕を誘う時の秘は可憐な女子高生を絵に描いたような可愛い表情をするからだ。

「秘、家に行ったら何する?」

「着替え」

僕は、秘ご愛用の自転車、ビアンキナイアラを、蹴飛ばしたくなった。

「B型の女って、とことんズレてるよな。どうして素直な会話ができないの?」

「素直の見本のような答えでしょうが。家に帰って、いの一番にするのは着替えよ。他に何があるっていうの」

「いや、だからメインにするプレイだよ、プ・レ・イ」

「着替えてから考えるわよ」

ちーっきしょう！


〈シュシュ〉なんて、こそばゆい名前のマンションの505号室。そこが秘の自宅である。

「あっ、FAXと留守電の山だ」

「事務の女の子がズル休みすると、すぐにこれ。まったく、何のために事務所があるんだか」

事務所というのは、母親が法人化した訪販下着〈株式会社ブリランテ〉の事務所のことで、同じマンションの二階にある。

秘は気が向くと、この事務所を覗き、それから自宅へ向かうのだ。

「透、冷蔵庫にチーズとビールぐらいは入ってると思うから、おやつ代わりに食べてて」

秘は密かに着替えるらしく、ニコニコ笑顔で隣室に消えた。

「高校生のおやつがチーズとビールかよ。不健全な家庭環境だな」

と嘆きつつ冷蔵庫を開けると、やっぱりチーズとビールぐらいしか入っていなかった。

「カマンベールと一番搾りか。……ま、いいか」

腹のたしにはならないが、気ぐらいは紛れるに違いない。

テレビ番組の〈有名人お宅拝見〉で観たようなリビング・ルームのフカフカした絨毯の上で胡座をかくと、さっそくチーズを噛り、チビチビとビールを飲みはじめた。

「冷蔵庫の横にパンがあるけど」

ふいに開いた隣室のドアを振り返ると、ドミンゴのジーンズに、かわいい黄色のTシャツに着替えた秘が、頼りなさそうな歩き方で隣に座った。

「ａｎａｎのモデルみたいだな」

「どこが？」

「顔とスタイルとセンスと……、全部」

「ふん」

秘は照れ臭そうに鼻で笑い、僕の手からビールを奪い取った。

「そうだ！　新作のヤングブリーフがあるの。透にあげるわ。紺と茶しかないけど」

こういう時だけ妙に身軽になる秘は、さっと隣室に入り、さっと戻った。

「はい」

「えっ！　こんなに？」

「売るほどあるんだもん、どうってことないわよ」

と言いながら、二十枚ほどのブリーフを目の前に広げた。

「でも、分かったら、まずいんじゃないの？」

「まずくないわよ。どうせ只なんだから」

「只？」

「そう。新商品に限り、代理店は会社から貰えるのよ」

「ふぅーん。代ちゃんて、どこまでも得なんだな」

そこで秘はチーズを噛り、僕は缶ビールをグビグビ飲んだ。

「ねぇ、そのブリーフ、私が透の家に泊まった時、貸してね？」

ング！　ブハーッ。

「嫌だ！　汚いわねぇー、もぉー」

「なんで急にそんなこと言うんだよ。あー痛てぇー。ビールが鼻の中に入っちゃったよ」

「念のために言っただけじゃない」

「何の念のため」

「外泊願望」

秘は、おすまし顔でそんなことを言い、意味深長な目で何かを訴えている。

「俺んちに泊まるのは無理だよ。親父もおふくろも兄貴も姉ちゃんもいるから。絶対無理だよ」

臆病な僕は、何がなんでも無理！　を強調し、秘の願望を断固阻止する構えを見せた。

「ふん、慌てちゃって。言ってみたかっただけよ」

「なんだ」

慌てて損した。

「あーあ、お腹すいたな。透でも喰うか」

「俺は喰ってもまずいよ、ヤマンバ」

「それは喰ってみなくちゃ分かるまい、ごスケどん」

「なんだよ、ごスケどん、て」

「ヤマンバときたら、ごスケどんじゃろが。『まんが日本昔ばなし』観てなかったの？　しょっちゅう登場してた有名人よ」

「そんな有名人なんか、なりたくないよ」

すると秘は怒りと笑いをミックスしたような目で、ギロリと見据えた。

「な、なんだよぉー」

迫力に充ちた秘の表情に一瞬、怯んだ。が、次の瞬間すーっと腕を引き寄せられ、見事なタイミングでキス！

「一発、ブチかます？」

耳元で秘が囁いた。

「ブチかますぅ？」

「当たってるんだけど」

「何が？」

すると、秘の視線がストンと落ちた。

「……あっ！」

なんと、僕の身体の中心部が、前倣えをしていた。

「あの人」が留守の時、秘の部屋は時々ラブホテルに変わる。秘という名前はこういう実態を予測して命名されたのだろうか？　そうだとしたら、預言者のような父親の顔が見たいものだ。

「高校生なのに、こんなことしてていいのかな」

「こんなことって？」

秘は、言いにくいことを僕に代弁せるのが得意だ。けれど、別に売春行為ではないし、秘があばずれ女というわけでもない。なのに、堂々と快楽に耽ることができないのは何故だろう？

「中途半端だからよ」

訊いてもいないのに秘は答えた。

「本気になれば欲望が勝って当然でしょう？　こんなことと愚弄するか、こんなに良いことだと素直に感激するか、考え方一つで天使にも悪魔にもなれるのよ。でも、天使にも悪魔にもなれない中途半端な善人が、いつまでもグズグズ迷って、結局なんにもできない後ろ向きの天使に成り下がるんじゃない」

秘は淡々と自己主張し、寝返りを打って背を向けた。

いつもそうだが、秘のバシッとした主張を聞くと、そういうものかと思ってしまう。主体性がないのか騙されやすいのか、よく分からないが。

そして秘密に背を向けられると、とたんに居心地が悪くなり、仕方なく下着を身に着けようとモゾモゾしていると、秘が静かに向き直った。

「帰るの？」

「うん？　いや、パンツ穿いただけだよ」

「さっさと背を向けるのね」

「違うよ。ただ、パンツ穿いただけだよ」

「一番弱くて一番正直な部分を隠すなんて、その気がない証拠じゃない」

優れた洞察力と判断力で図星を指されたとたん、抵抗力がガクッと落ちた。

「その気はありすぎるほどあるけど、怒られてるみたいで萎えちゃうんだよ」

「ふん、柔なのね、透のハートって。スポンジみたい。なんでも吸収しちゃって」

その言葉は聞き流せなかった。この際、嫌味の一つでも返さずにはおれんわい！

「俺、鈴木杏みたいな女の子がいいな。かわいくて、素直で、純情そうで。あんな女の子なら、なんだってやってやるな」

「鈴木杏と透が並んだら、手をつないでトイレに行く女子中学生の二人組みたい」

「なにィ？　なんで俺が女なんだよ」

「女みたいな顔してるからよ。鏡見る？」

「ちーっきしょう。どこまで馬鹿にすれば気がすむんだよ！　キングギドラみたいな女なんか、二度と抱くもんか！」

「フフ。どっちが抱かれてるんだか」

くっそぉー！

「お前なんか、キングギドラの皮を被った男だッ！」

次の瞬間、キングギドラの皮を被った男の口から、火が吹いた。


「あっ、クマだ」

洗面所の鏡に映った目の回りが、黒丸を描いたような痣になっていた。

「あーあ、パンダみたいな顔で学校行くの、嫌だな」

昨日、怒りに燃えたキングギドラに殴られた結果、この有り様だ。

「やめた。ズル休みだ」

一日休んだ所で変わるものなどあるはずがない。せいぜい日にちが替わるくらいだ。それに、期末テストはまだ先の話で心配するには及ばない。おまけに今朝の空気は北極を思わせるような底冷えの極致で、うっかり窓を開けたら、ペンギンが出てきそうなほどだった。

「休んで正解」

臆病な自分の性格に折り合いをつけ、自室に戻った僕は病人のふりをすることに決めた。

そのうち起こしに来た誰かに病人らしい声で病人のふりをすればいい。あとは、電話で欠席を伝えてくれる。それで万事ＯＫ！

ところが、現実は東大受験のように厳しかった。

「透。森尾さんが迎えにきてるわよ」

「な、なにィー？」

高校教師の姉に、ドアの外から声をかけられたとたん、顔が青ざめた。

「いない、とは言えないよな、朝だもん。あーあ、なんで迎えになんか来るんだよ。ひまわり幼稚園のガキじゃあるまいし」

僕は悩みつつ迷った。会いたくない。けれど、会わずにいられようか？　だが、悩みつつ迷ったわりには、すぐに答えが出た。

「無理だな」

僕の欠点は、この気の弱さだ。それで、いつも秘に振り回されてばかりいる。まったく秘という女は、僕にとって水戸黄門の印籠のような存在だ。

「しゃーないな。観念すっか」

とばかり、のろのろと起き上がり、ボケボケしながら着替えた後、グズグズしながら階下へ下りた。

そして玄関を開けると、キングギドラが笑っていた。

「綺麗に浮き出てるわね、クマ」

「イモ版画じゃないよ！　馬鹿力出しやがって」

「しょうがないじゃない。握力四十五なんだから」

「じゃ、腕力は百か」

「両手なら二百よ」

「クソ！　いまいましい女だ」

「私に負けたくなかったら、犬の骨のおもちゃみたいなアレで、筋力トレーニングしたら？」

犬の骨のおもちゃみたいなアレ？　なんだそりゃ。……あぁ、鉄アレイか。

「でも、やっぱりいいわ。私の好みは、バレット・オリバータイプだもん」

と勝手なことを言いたいだけ言うと、ニコっと笑い、緩慢な足取りで歩き出した。

「秘って、歩き方だけは頼りなさそうで、グッとくるよな」

すると、秘はスローモーション・ビデオのように、ゆっくりと振り返った。

「あっ！」

その瞬間、昨日の悪夢がフラッシュ・バックし、咄嗟にカバンで顔を隠した。

ところが、意外にも秘は穏やかな声で、

「何やってるの？　透って、見る所はちゃんと見てるのね。君の男心に、ちょっと感心したわ」

と言った。

あぁ、よかった。俺も君の女心に、ちょっと感心したよ。

「ねぇ、今日、うちで遊んで行かない？」

「あぁ？　朝から帰りの話かよ」

「ふふ。『シザーハンズ』録画したの。一緒に観よう？」

「あぁ、無気味なハサミ男」

「そう。あの人が帰ってくるの、どうせ明日の夜だもの。泊まる？」

そこで、深呼吸した僕は答えた。

「秘の部屋で、着替えてから考えるよ」


二月に入ると、大学受験を控えた三年生は自由登校となる。下級生の中には、それが淋しいと嘆く奴もいるが、大抵は女子だ。

そして、この一年五組の教室でも、その大抵の女子の数名が、三年生のお気に入りの男の話で盛り上がっていた。

「おい厚木。見ろよ、ベンツSL320」

女が男の話で盛り上がるんだったら、こっちは車の話で盛り上がろうぜっ！　とばかり、机の上に〈厳選外車情報〉を広げたのは、前席の相原誠だった。

相原は、ごつい顔のわりにはスマートな車種が好みらしい。

「映画の『マネキン』に出てた女優みたいな、かわいい美人が乗ったら、カッコイイな」

「水着で？」

「おぉ！　それもDカップの」

「Dカップって?」

「おっぱいのデカさだよ。ABCDEFGまであるんだぜ。知らねーの?」

相原は、勝ち誇ったような顔で言った。

「それぐらい知ってるよ。そうじゃなくて、Dカップのデカさだよ」

「あぁ? そ、そりゃ……結構なデカさだよ」

「なんだ、見たことねーんじゃねぇか」

「でも、触ったことはあるよ。お前は、ないよな」

「車の中では、ないけど」

すると相原は、きょとんとした顔で、開いた口が開いたままになっている。

「イヤって言われた時が、一番イイんだよな」

相原の驚きに追い討ちをかけ、快楽の感想を述べてやった。

「行った後に、ねぇ来てよ、なんて切ない声で言われると、愛しいなぁーなんて思ってさ」

相原の開いた口からは、よだれが垂れそうだ。ひひひ。トリプルパンチだ!

「お前、誰とやったんだよ」

「KAZAMIみたい顔した、水瓶座の女」

「KAZAMI?」

相原は、ピタゴラスの定理を理解できずに苦悩する、フランケンシュタインのような顔で、KAZAMIを必死に思い出しているようだった。

「あ！　ジャガーだ。カッコイイよなぁー、ＸＪ６」

すると相原は、うつろな目でジャガーをチラっと見、そして席を立った。

「なんだよ、急に立ち上がって」

「それだよ」

何が？　と訊き返そうとした時、相原の両手が、ズボンのファスナーの前で交叉した。

「あぁ。朝から気の毒に」

僕に気の毒がられた相原は、必死の形相でトイレに駆け込んだ。

「やれやれ」

「何がやれやれなの」

「ん？」

突如、頭上から降ってきた声に反応し首を回すと、ＫＡＺＡＭＩみたいな顔をした水瓶座の女が立っていた。

「フランケン、ダッシュで教室から逃走したけど、何かあったの？」

相原の席に腰を下ろした秘は、森永ミルクキャラメルを一つくれながら言った。

「欲情しちゃったんだよ」

「私が来たから？」

「来る前だよ」

「じゃ、シボレーインパラコンパーチブルを見たからね」

「はぁ？」

秘は、目の前の〈厳選外車情報〉をペラペラと捲りながら、口の中のキャラメルを、カラコロと転がした。

「あのさぁ、秘って、何カップ？　マグカップなんて言うなよ」

「コロンビア・トップ・ライトの真似してるの？」

「コロンビア？」

「大昔の漫才コンビよ」

その一言で、相原誠には勝てるが森尾秘には勝てないことが、よく分かった。

「ワコールのＣ70」

秘は、ニコリともせず一気に答えた。

「Ｃ70って？」

「Ｃカップのアンダーバスト70。知ってて確かめたんじゃないの？」

「いや、知ってるのは感触だけだよ。そういうサイズの知識はないもん」

すると秘は、冷ややかに軽蔑の眼差しを向けた。

「な、なんだよ。さっき相原に、Ｄカップ知らないのかって馬鹿にされたから、訊いただけだよ。そんな、おっかない顔で見るなよ」

「男が二人以上集まると、女か車しか興味をそそる話題が出てこないわけだ。貧困」

「持ちかけたのはフランケンだよ」

「乗ったんでしょう？　同じことよ」

チェッ！　水戸黄門の印籠だ。言い訳が出来ない。頭も上がらない。控えおろぉーだ。仕方ない、指のささくれでも取るか。

「爪、伸びてる。切ったら？　痛そうよ」

「別に痛くないよ」

すると、秘は深いため息を吐き、言った。

「とことん鈍い男ね。私が痛いのよ！」

僕は、その意味が理解できず、目をパチクリさせた。

「欲情したフランケンが戻ってきたら、訊いてみれば？」

秘がそんな捨てゼリフを残し、とっとと自席に着いてしまうと、僕はフランケン相原が早く戻って来ないものかと、教室の出入り口に救いの視線を向けた。


〈シュシュ〉の地下駐車場に、ジャガーＸＪエグゼクティブカーニバルが、品よく佇んでいた。

「あっ！　帰って来てる」

「誰が？」

「秘のママだよ。車あるじゃん」

「そりゃあるわよ。いくらなんだって、太平洋を車で突っ走れないでしょうが」

「あぁ、なんだ。置いてったのか。びっくりした」

「まったく、車ぐらいでビビっちゃって。下心あるの丸見えなんだから」

「なに言ってんだよ。誘ったのはそっちじゃねぇか」

「誘われてその気になってるのは、そっちでしょう？」

その時、『ＮＨＫのど自慢』で鳴る鐘の音が、カーン、と一つ鳴った。

「秘って、男を苛めるのが趣味みたいだね」

「君だけよ」

「君だけ？　クソッ！」

でも、意地にはならなかった。口では到底かなわないことが分かっていたから。そこで、秘が絶対に知らないなつメロを披露してみた。

「いつでも、いつでも、君だけを」

「なあに？　その歌」

「『君だけを』。西郷輝彦が歌ってたんだよ。むかし歌手だったんだって」

「西郷輝彦って、どういう人？」

「『江戸を斬る』に出てた辺見えみりのパパ。うちのお母さんが昔ファンだったんだって。

よく歌ってるよ」

「へぇー。驚き、桃の木、さんしょの木」

「ブリキに、たぬきに、洗濯機」

「やって来い来い大魔神」

「違うよ。やっと出た出たやっと出た、だよ」

「違うわよ。やって来い来い大魔神よ」

「うそだね！」

「そうよッ！」

この勘違い口論は、結局部屋の中まで持ち込まれた。

「フン！　ドロンジョみたいな顔して、意地っ張りなんだから」

「何よ、ブラック魔王が」

そこで、ドロンジョとブラック魔王は睨み合った。

「……ふっ」

「ふふ」

「俺、ドロンジョ様、好きだったんだ」

「私は、ブラック魔王が好きだったの」

かくして、ドロンジョ様とブラック魔王は、照れ笑いしながら歩み寄り、濃厚な接吻から熱い抱擁へと移行して行った。

「俺……」

「なあに？」

「……」

「どうしたのよ」

「なんか……」

「分かってる。でも、その前に爪、切ってね？」

「えっ？　あっ！　いっけねぇ。フランケンに訊くの忘れた」

「いいわよ。私が切ってあげる」

その時、耳元で囁いた秘の声は、柔らかいシュークリームのように、しっとりと甘く香ばしかった。


「ねぇ、お腹すいたわね」

「うん」

「何が食べたい？」

「チーズとビール以外なら、なんでもいいよ」

「ふふ。じゃ、待っててね」

秘は、僕を苛める事と同じくらい料理が得意だ。だから、「あの人」が不在の家で、お手伝いさんの手も借りずにこまめに動き、日毎に料理の腕を上げている。なかなかどうして、大したものだと感心しながら、僕はあまり手伝わないけれど。

そこでベッドから抜け出した僕は、まずシャワーを浴び、秘にもらった下着を身に着けて、広いリビングルームの壁に寄りかかると、スパイス・ガールズの『スパイス・アップ・ユア・ライフ』を聴きながら、カバンの中から取り出した〈ヤングサンデー〉の、お気に入り連載マンガを真剣に読み飛ばし、秘の料理が出来上がるまでの時間を有効に使った。

「お待たせ。豆腐のキムチ鍋よ」

「あっ、出来たの？」

「透好みの超ピリ辛」

「さーすが！」

「まあね？　私だって、たまには透好み〈女十ヶ条〉に逆らえなくなる時があるからさ」

そんなことを言いつつ、秘は世話女房的なやさしさと色香を存分に発揮し、目の前のテーブルに得意料理の品々を広げた。

「女十ヶ条って何？」

「料理上手。長い髪。豊かな胸。ピアスが似合う。世話好き。酒豪。セクシー。頭脳明晰。ウィノナ・ライダー似の美貌。たばこ喫わない。以上」

「あぁ、それか」

「でも、私には三ヶ条の方が好都合なんだけどな」

「料理上手。長い髪。セクシー？」

「違うわよ。美しい、賢い、SEXが上手い」

「あらら」

そうはっきり言われると、こっちが恥ずかしくなる。行為よりも言葉の響きの方が時には淫靡な印象を与えるものだ。

僕は、とりあえず箸を取り、そのまま豆腐を掬い取ろうとした。が、安易な考えは苦難を強いられ、悲惨な状況に陥った。

「なに焦ってるの。チリレンゲ使えばいいじゃない。お豆腐、バラバラよ？」

言われなくても見れば分かる。鍋の中は、バラバラに砕けた豆腐だらけのシチューのようになってしまった。

「緊張しちゃって。お見合いでもしてるみたい」

秘にそんなことを言われながら、チリレンゲでやっと掬い取った器の中を見ると、豆腐のキムチ鍋が、マーボ豆腐に化けていた。

秘はそんな僕と器を見比べ、呆れていた。

「食欲、減退しない？」

「ううん、そんなことないよ」

言った以上、食べなければならない。たとえ、どんなに不味そうに見えても。

しかし、見た目は最悪だったが、味はグッドだった。おまけに、超ピリ辛のベースが食欲を煽った。

「美味しいよ。ご飯ある？」

その言葉で気を取り直した秘は無言で立ち上がると、夢遊病者のような姿でキッチンからどんぶりご飯を運んできてくれた。

「はい、忍者くん」

「なに？　忍者って」

「ひまわり幼稚園に通ってた時、大きくなったら何になりたい？　って訊いたら、僕、忍者！　って、はりきって言ったじゃない」

「そんなこと言ったっけ？」

「言ったわよ。ちゃんと覚えてるんだから」

「でも、幼稚園の時は、あんまり仲良くなかったよな」

「嫌いだったもん」

秘は、あっさりと言った。

「なんで？」

「中村明美としか遊ばなかったでしょう？　だから」

「あぁ、くらみ」

「何？　くらみって」

「あいつ、名前は明美だけど、性格が暗いから、暗美って感じなんだよ」

秘は爆笑した。

「そんなに笑うと太るよ？」

「その方がいいんじゃない？」

「なんで？」

「結婚するんだったら、ぽっちゃりした女の子がいいなって、去年、二学期の中間テストの前夜、電話で言ったじゃない」

「よーくそこまで覚えてるな。見事だ」

僕は、秘の抜群な記憶力に敬服し、つくづく恐れ入った。


幼稚園時代も含め、小学校、中学校と、僕と秘は同じ学校に通い、高校に入学してまもなく、できてしまった。

子供？　ではない。深い仲という意味に於て。

「あーあ。アロンアルファで、ピタっとくっついてるみたいだな、俺たちって」

「じゃ、一年も持たないわね」

「なんで？　あれは瞬間接着剤の中では、ドイツ車ぐらい優れてんの。簡単には取れないよ」

「うそ。前に差し歯が取れた時、歯医者に行くのが面倒だったから、アロンアルファで着けたけど、一年しか持たなかったもの。優れているのはコマーシャルの時だけよ」

なるほど。説得力はあるな。

「で、その差し歯、取れたままなの？」

「冬休みに行ったわよ、歯医者」

「あぁ、餅、食えないもんな」

学校近くの児童公園で、ブランコに乗ったまま、秘は足を組んだ。

「やっぱり、このブランコ低いなぁ。ガキの身長に合わせて作ってあるからな」

秘は、百六十五センチ。僕は、百七十四センチ。子供用のブランコに座っていると、妙に足が疲れる。

「そうだ！　ジャングルジムに登る？」

「嫌よ。あんな所に登ったら、スカートの中まる見えじゃない。それとも、まだ忍者ごっこに未練があるの？」

「違うよ。ブランコが低すぎるから、高い所がいいんじゃないかなと思って言っただけだよ」

まったく、いちいち言い返すんじゃねぇよ！

「そんなことより、あの人、オーストラリアからとんでもないもの連れて来たのよ。まいったわ」

秘は足を組み直して言った。

「まさか」

「コアラじゃないわよ」

秘は即座に言い返した。

「フン。そんなありきたりな発想なんかするかい！　ま、とんでもないものっていったら、スペイン毒サソリか、ＥＴか、美男の黒人」

「あら、五年に一度ぐらいはまともなこと言うのね。最後の黒人よ。美男は余計だけど」

「えっ！」

思いつくまま無責任なことを言った僕は驚いた。

「なに人？　黒人って」

「マレーシア人よ」

「マレーシア？　あっ、ハリマオだ。カッコイイじゃん。秘のパパになったら、陣内孝則みたいなハリマオが、学校祭に来たりして」

「なに馬鹿なこと言ってるの。困るのよね、私の居場所がなくて」

そこで秘は長い髪を、さりげなく両手で背中に払う。

「秘って、よく見ると中山美穂に似てるかも。俺、中山美穂も好きなんだ」

「透の女の好みを聞きに来たわけじゃないのよ。なに言ってるの」

秘は、不機嫌な声で脈絡のない会話を遮り、顔を背けた。

「で、そのハリマオ、秘のマンションに住む気なの？」

「それはこっちが訊きたいわよ。なんだか知らないけど私のことをハニーなんて勝手に呼びやがって、馴れ馴れしいったらありゃしない」

「ハニー？　どっかで聞いたな」

「それに、あんニャロめ、後ろ姿はラモスに似てるけど、振り返るとモスラみたいな顔なのよ」

「ぷっ！」

堪えきれずに吹き出してしまった。キングギドラとモスラが、〈シュシュ〉に住んでいる光景を想像したら、笑っちゃうね。できすぎた漫画だよ。

「何がおかしいのよ。他人の不幸を笑う気？」

「違うよ。モスラみたいな顔だって言ったから、ちょっと想像しただけだよ。パオーン」

「君はパオ象か」

そこで、とりあえず秘の話を真剣に聞くことにした。

「そのハリマオの名前は？」

「ラビ」

「ラビ？　なんか、ラクダみたいな名前だな」

「愛称よ。本名は、ラビーネっていうの」

「それで、モスラみたいな顔してるの？」

「ううん。梅宮辰夫」

「アンナのパパ」

「そぅ。しかも料理まで得意なの。昨夜も変なもの作ってくれたけど」

「変なものって？」

「マレー語で説明してたから分からないけど、甘くて辛くて油ぎった鍋料理よ」

「はぁー、確かに変だわな」

と、神妙な顔で、とりあえず秘に同情する素振りだけでもしなければ。

「でも、辰っちゃん結構やさしいのよ。慣れてきたら顔もラモスに似てきたの。最近は、前から見ても後ろから見ても、ラモスよ」

「はぁ？　梅宮辰夫とラモスかよ。全然似てねぇよ」

「いいじゃない。気分で感性も変わるのよ」

そして秘は、一瞬ニコっとした。

「なんか秘って、ハリマオ辰っちゃんのこと、好きなのか嫌いなのか分かんねぇな」

「私も分かんないの。どうしたらいい？　パオちゃん」

「そんなこと言われたって、俺だって分かんないよ。でも、ママが好きで連れてきたんだし、一緒に暮らすしかないんじゃないの？　キューティー」

「ハニーよ」

秘は、すっかりハニーになりきっている。なんだ、結構気に入ってんじゃねぇか。

「とりあえず、様子見てみれば？　そのうち、成るように成るよ」

「そうね」

あーあ、やれやれだ。

「でも、しばらく私のお部屋、ラブホテル休業よ？」

「えっ！　なんで？」

「ラモちゃん、一日中、家にいるの」

「なに、仕事してないの？」

「あの人が仕事してるから、ラモちゃんが主夫なのよ」


秘の母親の愛人が出現したことで、多大な被害を被ることになった。

「まったく、とんでもない野郎だ！　俺と秘の秘密基地を崩壊しやがって。でも、これからどうしよう。……」

卒業までの二年間、秘と愛し合うことが出来ないのかと思うと、ハリマオ辰吉を誘拐して、スマトラ島にでも捨ててきてやりたい気分だった。

「でもなぁー、このまま様子見てて、そのうち秘が辰っちゃんのことを気に入って、パパになったの、なんて言われたら、俺なんか、そっちのけかもな。なんせ、母子家庭の一人娘だもん。ファザコンだよな」

ライバル出現！　僕の頭の中に、そんな消しがたい文字が浮かび上がった。

「モスラとキングギドラの親子か。怪獣一家みたいだな。……おっと、そんなことに感心してる場合じゃないぜ。マジで、対策を考えねば」

僕は、久しぶりに机の前に座ると、哲学者のような顔で考えた。

「捨て犬だって慣れてくると情が移るもんな。まずいよなぁー。それに、ラモスに似てるなんて言った所を見ると、もう移ってるかも。……ヤバイ！」

しかし、二時間も考えたわりには何も良いアイディアは浮かばなかった。やはり、私立の二流大学を希望しているような頭では、快刀乱麻を断つ、なんて芸当はできっこない。

「ま、いいか。別に恋人になるわけじゃないもんな。なるとしたって親父だ。それに、アレは秘の部屋じゃなくてもいいわけだし。深刻に考えることもないか」

都合のいい解釈で納得したとたん睡魔に襲われ、そのまま机に伏すと、なんとも奇妙な夢の世界へと誘われて行った。


まず、ジャングルのような密林で、マンモスに乗った探検服の僕が、キングギドラとモスラの激戦を、マイク片手に実況中継していた。するとそこへ、ジャガーに乗った秘の母親が下着のサンプルケースを持って現れた。

「透くん。あなたは帰っていいわ。後は私が説得しますから」

と言い、サンプルケースの中から取り出した百万円の札束を渡された。

その後、秘の母親は激戦中のモスラの足元へ歩み寄り、聞いたことのない原語でモスラに話しかけた。すると驚いたことに、一昔前のカレーのコマーシャルのように、ラモスに変身してしまった。

そして突然、場面は秘のマンションのダイニング・キッチンに変わった。

秘　「パパ、私のためにサッカー辞めたの？」
ラモス　「ウーン、それもあるけどね」
ママ　「記者会見観なかったの？」
秘　「本人の口から聞きたいのよ」
ラモス　「できちゃったんだよ」
ママ　「あなた！」

……と、たしなめるママ。

ラモス　「いいじゃないですか。秘だって高校生なんだから、真実は伝えるべきだよ」
秘　「できたって、子供？」
ラモス　「NO！　オギノメ」
秘　「オギノメ？　ヨーコ？」
ラモス　「おー、NO！　足の裏のイボですよ。非常に痛い、アレ」
秘　「あぁ、魚の目」
ラモス　「YES。それで走れなくなったんだよ」

「なんだ？　今の夢は。まさか、正夢とか」

目覚めたとたん、胸騒ぎがした。

秘の自宅には滅多に電話などしなかったが、夢の真偽が気がかりだった。

「電話してみるか」

「十時か。ＯＫ！」

時刻を確認し、携帯電話を手に取った。

８４０―４７３１（早よー、しなさい）覚えやすい番号だ。

呼びだし音を三回確認した後、通話可能状態となった。

「はい、森尾でございます」

「あ、あのー、厚木ですけど、秘さんは、いらっしゃいますか？」

「はい、おります。少々お待ちくださいませ」

ずいぶん丁寧な母親だ。娘の同級生に、少々お待ちくださいませ、なんていう親がいるかな？　と思っていたら、『エンターティナー』の保留メロディーが消えた。

「もしもし」

「秘？　俺」

「珍しいわね、事件でもあったの？」

「あったら電話なんかかけてる場合じゃないだろう」

「あんがい冷静な判断ができるのね」

「あんがいは余計だよ。それより、ラモス何やってる？」

「台所で包丁研いでるわよ」

「包丁？　なんで」

「道場六三郎の真似してるのよ。今夜ね、お刺身なんか作ってくれたの。偉いでしょう」

「フン！　さっそく親父きどりか」

「何よ、その言い方。得意な技能で母子家庭にサービスしてるんじゃない」

「刺身が技能なのかよ。そんなもん、俺だって出来るよ」

「張り合う気なの？」

「違うよ。張りがないんだよ。変な夢見たから」

そこで僕は深い吐息をついた。

「私とラモスのベッドシーンでも見たの？」

僕をおちょくる秘の声音は、ぞくぞくするほど色っぽい。

そこで身震いした僕は、夢の内容を事細かに説明した。

「別に変なことないじゃない。いかにも見そうな夢らしい夢よ」

「いや、変じゃないけど……。もしかして、ラモスとママ、結婚するの？」

「するわけないじゃない。奴は不正入国よ。身元がバレたら即刻本国へ強制送還よ」

「なんだ、そうか。よかった」

「夢ぐらいでビビってどうするの。こっちは黒人が包丁研いでるのよ？　しかも夜」

「想像すると、ちょっと不気味かも」

「当たり前よ」

「あの、余計なことだけど、ラモちゃん、秘に手なんか出してないよね？」

僕は、恐る恐る肝心要な質問をなげかけた。

「ほんと、余計なことね？　おんどれ、ナメとんのか。殺てまうぞッ！　この、ド阿呆！」

まるで、『極道の妻たち』的決め言葉で締めた直後、ガチャン！　と電話を切られた。

「ありゃ！　まいったね。ぷりぷりしちゃって。でも、かわいい」

威勢のいい秘の啖呵を聞いたとたん、ラモスのファンになりそうだった。


勉強する間もなく期末考査を迎え、後悔する暇もなく終業式が近づいた。

「あーあ、私立の二流どころか、三流だって危ないな」

成績票を戴く前に自己評価した僕は、まもなく訪れる春風の招待に暗く背を向けたくなった。

ところが、どんな時もマイペースを保つB型人間の秘が、今朝はやけに浮かない顔で席に着いている。

なんだ？　Ａ型の血液でも輸血されたのか？

そんな怪しげな気配を感じ取った僕は、ご機嫌伺いとばかり窓際の秘の元へ移動した。

「よぉっ！　ラモちゃん元気？」

いきなり秘は睨みつけた。

「な、なんだよ。何かあったの？」

「ひっかかったの」

「はぁ？　……あ、分かった。結婚詐欺」

そこで秘は貧乏ゆすりを始めた。怒ってる。

「うそうそ、冗談だよ」

「成績のわりには勘がいいのね。それよ」

「えっ？　誰が？」

「あ・の・ひ・と」

「ママ？」

「そっ。ショックで一週間も寝込んでるの。おかげで毎日家政婦やらされてるのよ」

「するってえと、犯人は、あの……」

本名が出てこなかった。

「ラビーネ。あん畜生よ！」

あん畜生ときたもんだ。憎しみの度合いが乱暴な言葉づかいに表れている。

「お金、盗られたの？」

「たった百万円だけど。あいつ、そんな端金もって、スマトラ島へ夜逃げしたのよ」

「マレーシアじゃなかったの？」

「似たようなもんじゃない」

秘は、細かいことには拘わらない。

「じゃ、毎日たいへんなんだ。この際、お手伝いさんでも雇ったら？　金持ちなんだし」

「それはもう決まってるの。ただし、春休みになってからだけど」

「ふぅーん。学生アルバイトみたいだね」

「そうよ。しかも男」

「男？　どんな奴」

すると秘は人差指で僕を招き、耳元で囁いた。

「君だよ、君」

「えーっ、なんで俺が」

「当然でしょう？　恋人の母親が精神的ショックで寝込み、その看病でクタクタに疲れきった恋人が救いを求めているんじゃない。あったり前のコンコンチキチキマシン猛レースよ、ブラック魔王」

「よくニコリともしないで、そんなくだらないギャグが言えるな」

「無駄な笑顔は美人の敵よ」

「恐れ入谷の鬼子母神だね」

「そういう君も、ずいぶん古くさいギャグで応酬してくれたわね」

「似たもの同士だろう？」

「じゃ、決まりね？　春休みの第一日目から、よろしくお願い致しますわ」

「なんだよ。勝手にお願いするなよ。誰もOKなんかしてないだろう？」

「ブーブー言わないの。快獣ブースカになっちゃうわよ？」

「そんなのいるかよ」

「いるわよ。キャラクターグッズ見たことないの？　ブースカの貯金箱だって、パンツだってあるんだから」

「うそ」

「ホント。ついでに言っておくけど、日給一万円。二週間で十四万。高卒OLの初任給並み。どう？」

「十四万？　やる！」

「やっぱりね」


二週間で十四万、という詳細不明大金獲得勧誘に易々と乗った愚かな僕は、アルバイト初日より過酷な肉体酷使により、全身筋肉痛を緩和させるために使い切った湿布薬が五箱。

「あー痛ぇー。まったく馬鹿でかい部屋なんだから。俺の家がまるごと一軒入りそうだ」

無駄に広いリビング・ルームの隅に腰を下ろすと、湿布薬の張り替えを買って出た秘に、ほんの少し不服と嫌味を言ってみた。

「肉だんごスープ作ってあげるから、『ホット・スタッフ』でも聴いて休んでて？」

と、やさしいキスで僕を見舞う秘。

「うん、分かった。そんじゃ、それまでしばらく、お休みさせて、いただき増田明美」

「ふーっふふふ。かわいい、透ちゃんてば！」

秘は、この上ない笑顔で僕を抱きしめた。

「イテテテ。こらっ、やめろよ。聞こえるよ」

「大丈夫よ。あの人いないの」

「えーっ、なんで？」

「気晴らしにハワイへ行ったの。春休みの間だけ」

「なんだァー。じゃ、やーめた」

「あら、いいの？　十四万、預かってるんだけどなぁー」

「証拠は？」

「冷蔵庫のチルド室より愛をこめて。ふふ」

「冷蔵庫？　それじゃ冷えきってるよ」

「防犯対策なのよ。二週間保管しておくから、帰る時に忘れないでね？」

そして再び、キスの嵐。

「ねぇ、いっそのこと、ここに住み着いたら？　春休みだし、あの人はハワイだし、君と私は恋人同士。住み込みのハウスキーパーという触れ込みで。名案でしょう？」

「なるほど。頭いいな」

「君がお馬鹿なだけよ」

「チェッ。でも、ま、いいや。そうと決まれば本日の掃除は終了」

「で、どうするの？」

秘は、かわいいおねだり姫の笑顔で僕に寄り添う。

「ドナ・サマーの『ホット・スタッフ』を聴きながら、秘お得意の肉だんごスープの夕食を済ませた後、カルロス・サンタナの『スムーズ』をBGMに、オールナイトでラブラブホットな夜を、っていうのは、どう？」

「選曲に問題があるけど、提案？」

「いや、ほぼ決定」

「今夜は、ナジーの『スイート・ラブ』よ」

そして同意の、キス、キス、キス！

春休みが終わり、ハウスキーパーで稼いだ十四万円に頬擦りしながら高校二年生になった。

「お母さん、新しい制服買って。一年で十二センチ伸びたから制服が小さくて、これ」

キッチンで朝食の用意をする母の前で、短くなったズボンの裾を披露する。

「あと二年なんだから、がまんしなさい。大学の入学金のことを考えたら、制服どころじゃないでしょう？」

「なんだよ、兄貴の時はちゃんと買ってやったくせに」

「雄吾は優等生だったの。国立一期上位合格の太鼓判をもらってたから買ってあげたのよ」

揚げたての海老フライをテーブルの皿に盛合せながら、母は秀才と誉れ高き長男を引き合いに出す。

「ふん。頭の出来で愛情も変わるのか。もういいよ」

不貞腐れつつテーブルに着くと、背後からヌッと父が現れた。

「透。雄吾の高校の時の制服あるぞ。卒業してまだ二年だから、結構きれいだろう」

「嫌味かよ。制服が違うだろう？」

「なーに、つめ襟だから、よく見ないと分からんよ」

「分かるよ。いいよ。どうせ俺は馬鹿な末っ子だよ」

「ほんと、誰に似たんだか」

と、母は否定しない。

「あったまきた」

と憤慨する僕の隣に、今度は高校教師の姉が座った。

「大丈夫よ、買ってくれるから」

「どうだかね。姉ちゃんも優等生だったし。なんで俺だけ頭悪いのかな」

「でも、モテるじゃない。雄吾は男子高だったから、付き合ってた女の子なんていなかったわよ」

と、出来の悪い弟を取り成す姉。

「そんなこと、どうでもいいよ」

「いや、外見は大切だ。透はなかなか男前だからな、それで雄吾ほどの頭脳があったら、同性から妬まれるぞ」

と、父。

「天は二物を与えずよね」

と、母。

「成績は努力次第でどうにでもなるけど、外見は変えられないんだから、いいじゃない」

と、姉。

こんな家族の中でなら思う存分発揮できる僕のキャラクターも、秘を前にすると腰砕けになる。なぜなら、あの性格だもの、命令口調で威張るの、怒るの、いたぶるの。果ては召し使いのように僕を扱き使う。まるで、気取ったアフリカライオンのような女だ。

「でも、顔を見ると、いいなって思うんだよなぁー」

だからこそ、幼稚園時代から通算十三年間も、離れられずに付き合ってきたのだ。

ところが、事態は急変した。

「厚木くん。君とのお付き合いも、除夜の鐘と共に去りぬ」

ホームルーム前の、ぼんやりとした僕の意識に喝を入れたのは、秘のショッキングな一言だった。

「どういう意味？」

窓際の自席に着いた秘の前で、僕は棒立ちになった。

「あの人、今度はハワイから別荘を拾ってきたのよ」

「別荘？　まさか、ハワイへ移住するわけじゃないだろう？」

「するみたいよ、あの人は」

「あの人はって、秘は？」

「向こうへ行ってから考えるわ」

「えーっ！　行っちゃうの？　ハワイへ」

「サンフランシスコよ。ハワイなんて、あんな観光地、誰が行くもんですか」

秘は、けんもほろろに言い捨てる。けれど、移住先がハワイだろうがサンフランシスコだろうが、遠く離れた異国の地であることに違いはない。

「いつ？」

「まだ決めてないけど、年末の頃よ」

「そんな。どうせなら卒業してから行けばいいだろう？」

「『いまを生きる』って、N・H・クラインバウムの小説、読んだことない？　映画にもなったけど。あの中でキーティング先生が言ってるの。《君たちの目標は、自分の声を見つけることだ。探すのを先に延ばせば延ばすだけ、自分の声は見つかりにくくなる。ソローがこう言ってるよ。大多数の人間は静かな絶望の人生を送っている、とね。なぜそんなものに甘んじる必要がある？　あえて新しい土地に足を踏み出すことだ》ってね？」

秘は涼しい顔で、そんなことを言った。

「だから、いま行くの？　何がなんでも」

秘は答えず視線を逸らせ、突然の悲報にうろたえた僕は俯いた。

爪が少し伸びている。来年からは僕の爪の長さを気にかけてれる人はいないのだ。そう思うと切なさが込み上がり、目頭が熱くなった。だが、ここで涙は流せない。仕方なく秘に背を向け廊下に出た僕は、トイレに向かった。

（あの、おふくろ！　あいつが海外に行っては次々と問題を持ち帰るから悪いんだ。代理店なんか、やめてしまえ！）と、心の中で叫び両手を握りしめた。しかし、今さら愚痴を言っても仕方がない。秘は意志の強い女だ。情に流されて迷うような事はないだろう。結局、離れて寂しい思いをするのは僕だ。

「いざとなると、男って弱いんだな」

便器の前で呟き、チャイムの音と共に教室に戻ると、まもなく担任教師が現われ朝のホーム・ルームが始まった。

——放課後。

「厚木、しょっぱなから居残りか？」

情緒や感性という言葉に縁のない相原誠が、「さよなら」の代わりにニヤついた顔で僕の神経を逆なでする。

「お前、アダムスファミリーからお誘いが来ないか？　家族の一員に迎えますって」

「オデッセイのコマーシャルやってた、デレレレッレッレ」

僕は無視した。こんな脳天気を相手にしている場合ではない。僕が相手になってほしいのは、森尾秘だ。

覚悟を決め即座に席を離れると、窓際の秘の元へと向かった。

「化粧もしてないのに、コンパクトで顔のチェックか」

「鏡は女子高生の必需品なの」

秘は、手にしていたコンパクトを閉じ、カバンに仕舞い込んだ。

「まだ帰らないの？」

「なあに？　恐い顔して。窃盗犯みたいよ。あっ、婦女暴行犯かな」

「じゃ、そうしてやるよ」

秘の減らず口が僕の湿った心に火を点けた。

「何よ。ちょっと痛いじゃない。放してよ」

抵抗する秘の腕を掴んで強引に席を立たせ、秘のカバンを抱えた。

「婦女暴行犯、少年Aになるつもりなの？」

「違う。『卒業』という映画のラストシーンの男だ」

「知らないわよ、そんな古くさい映画なんか」

「だったら、身をもって教えてやるよ」

秘は、硬い表情で僕を見つめた。

「話がある」

僕は、決闘状を差し出したような心境で、そう言った。


学校前の児童公園。そこが二人の巌流島になった。

「なに？　話って」

ブランコに座った秘は、切り口上で水を向ける。

「………」

「黙ってないで、なんとか言ったら？　言いたいことがあるから無理やり連れて来たんでしょう？」

秘は不機嫌この上ない声で言い放った。

「意気地無し！　私帰る」

「駄目だ！　行くな！　ハワイなんか……、行くなよ！」

弾みで出た本音が秘の歩みを止めた。

「それが言いたかったの？」

背を向けたまま、秘は静かに言った。

「言われたくなかった？」

「……」

「俺、女々しい男だって笑われてもいいから、行ってほしくないいんだ。せめて卒業するまで、秘と一緒にいたいんだ」

僕の本音を背中で受けとめた秘は、寡黙の人を決め込み、何も返してはくれない。

失意に沈み吐息をついた僕の足元に、ひらひらと桜のはなびらが舞い落ちる。

この綺麗な桜の開化時期も儚い。けれど、毎年ひとの期待を裏切ることなく確実に応え続ける桜は、身勝手でわがままな人間のように自分の都合で他人の夢を断念させるようなことはしない。そう思うと、〝今を生きる〟秘を引き留めた僕の言動は、理不尽でしかないように思えた。

「卒業したら、お互い別々の道を歩き始める。その時期が少し早くなるだけのことだよな。

……悪かったな。俺も帰って洗濯するよ」

「替えの下着、ないの？」

秘に背を向けると、幾分沈んだ柔らかな言葉が返って来た。

「下着なら売るほどあるよ。心の洗濯をするんだよ。秘の替えがないからさ。今度は何があっても離れることがない、秘を超えるイイ女を探すよ」

こんな時に嫌味の一つでも返さなければ、秘に背を向けて歩き出すことなど出来なかった。

そして歩き出した僕の背中に、秘のいじらしい程に強気な言葉が飛んで来た。

「そんな女、いるわけないじゃない。一生探しても無理よ！」

秘の反撃に加担するかのように桜吹雪が僕を直撃し困らせる。

いっそ振り返り、強く抱きしめ、放したくないと言ってしまおうか。でも、意地がある。

僕は、ためらい迷った末、やはり振り返った。すると、予期せぬ光景が飛び込んで来た。

まさか！　泣いてる……。

大きな目に一杯の涙を溜めた秘は、僕に向かって直立不動の姿勢を保っていた。

「秘……」

秘が泣くなんて信じられないことだ。

僕はとっさに駆け寄り秘の肩に手を触れた。とたんに秘の両目から涙がこぼれ落ちた。

「秘。……どうしたんだよ」

僕の問いに答えられない秘は、そのまま僕の胸に倒れ込むようにしがみ付くと、声を噛み殺して泣きはじめた。

「……秘らしくないよ」

それが、僕の精一杯の愛情表現だった。

「透」

「ん？　……なに」

「……ばかッ」

「ふっ。どうせ馬鹿だからいいよ」

照れて拗ねて甘える秘の心情を、僕は無言で受けとめ、力いっぱい抱きしめた。


ウルフルズには悪いけれど、『明日があるさ』は嫌いだ。

FMから流れて来た時、反射的に英和辞典を投げたショックで、CDラジカセが壊れた。

「ちっきょう！　なんでもかんでもブッ壊れやがって！」

秘の海外逃亡は決まった。ただし、日程は定かではないが。

「なんだよ。なんで行っちゃうんだよ。あーあ」

あの日以来、口癖のようになってしまった、独り言。

「いっそのこと、俺もアメリカの大学へ行くかなぁー」

それは無理だ。観光で渡米することさえ至難の技だ。

「なになにしてから考えるわ、っていうのが秘の口癖だもんな。すべては、アメリカへ行ってから決めるんだよな、きっと」

決まりきったことを、くどくどと考えては落ち込む毎日。他の同級生は大学受験に向けて寝ずの受験勉強に励んでいるというのに。

「……ＣＤでも見て来るかな」

自己憐憫にも疲れた土曜日の昼下がり。

山本リンダはデイトに誘われて困っちゃったようだが、僕は秘に声もかけられず困り果て、市内のデパートへ向かった。

六階のＣＤ売り場に着くと、とりあえず新譜から見て回り、洋盤コーナーを一周し、マキシ・シングルコーナーへ向かった。

その時、店内に鬼束ちひろの『月光』が流れ始めた。

「やっぱり邦楽にするかな」

聴きたい歌があるわけではなく、なんとなく目の前に並んだＣＤを眺めていると、隣に女の子の気配を感じた。

「うっしっしっ獅子座の男、何やってるの？」

「……あーっ！」

「大げさに驚かないでよ。人気ＮＯ１のアイドル歌手に間違われてサイン責めにあったらどうするの」

すました顔でそんなことを言い、隣に並んだ秘は目の前のシングルＣＤを適当に上げ下げしている。

「一人なの？」

「今は二人。君と一緒だから」

「CD、買うの？」

「買わない」

「ふぅーん」

偶然の出会いに、ほんの少し心が弾んだ。

「買い物に来たの？」

「入り口で君の姿を見かけたから尾行してきたの。ただ、それだけ」

「暇なんだね」

「でも、うれしかったでしょう？」

手に取ったDA　PAMPの『CORAZON』を見ながら、秘は言った。

僕は、返事をする代わりに、KAZAMIの『Believe　in』を手に取り、頷いた。

「ねぇ、家に行かない？　あの人、名古屋へ行ってるの。ビジネス・メイトの発掘に」

僕は返事をする前にKAZAMIを元に戻し、ゴスペラーズの『ひとり』を手に取った。

「買うの？」

「うん」

すると、僕の手からやさしくCDを取り上げた秘は、それを持ってレジへ向かい、精算を済ませて戻って来た。

「それ、テープに録ってくれる?」

「いいけど。どうして?」

「CDラジカセ、壊しちゃったから」

「分かった。そのかわり、透のプジョーCOM70Fに乗せてって? 私の自転車、パンクしちゃったの」


〈シュシュ〉の前で仁王立ちした僕は、五階の窓を眺めた。

「どうしたの?」

「これで見収めかと思うと、感慨もひとしおって感じなんだよ」

「だったら、大学生活ここで過ごしたら? 無料でお貸しするわよ?」

「一人じゃ嫌だよ。こんなバカでかい部屋。掃除するのが大変だ」

「二人でよ。嫌ならいいけど」

「はぁ? 二人って、誰と?」

秘は、その答えは部屋の中で、とでも言うように、マンションの入り口に向かって歩き出した。

「誰なんだよ、二人って」

首を傾げ、謎に満ちた秘の言葉に期待を抱きつつ、僕は後を追った。

505号室のドアを開け、リビング・ルームに入ると、キッチンから戻った秘が二人分のカクテルグラスを手にして現れた。

「透、カクテル飲む？」

「何？　そのカクテル」

「アナナスのフィーズ」

「シェイク出来るの？」

「コンビニで買ってきたの」

「なんだ」

なんだとは何だ！　と言いたそうな秘の顔色を窺いつつ、手渡されたアナナスのフィーズを飲んでみた。

「あっ、おいしい」

「おいしいのはお酒だけじゃないの。吉報よ、透ちゃん」

「何？」

「当ててみて」

ソファーに座り足を組んだ秘は、高級バーのホステスのような顔で言った。

「もしかして」

「もしかして、私のほかにも誰か、いいひとが」

「歌ってる場合かよ」

「いいじゃない、私の勝手でしょ？」

「……まさか」

そこで再び秘の顔を見た。

「歌わないわよ」

「違うよ。まさか、ハワイ行きをキャンセルしたとか」

「惜しいな。もう一声」

「……分かった。県外へ引っ越す」

「あぁ、遠くなっちゃったな」

「なんだよ、焦らすなよ」

するとさんざん焦らしたわりには、分かりやすい答えが返って来た。

「サンフランシスコ行き止めたの」

「本当？　ヤッホー」

「そのかわり、大学受験に合格したらロシアへ行こうかなと思ってるの。一緒に行く？」

「ロシア？」

「そっ。白夜のサンクト・ペテルブルグで、ハンサムなバレエダンサーと恋に落ちたりして」

「白夜じゃ寝不足になるぜ？　ま、せいぜい寝不足のコサックダンス団員とバイカル湖に落ちれば？」

「透だけネヴァ川に突き落としてあげるわ」

「俺は行かない。エジプトへ行きます」

「ラクダの運賃、タクシーより高いわよ」

「知ってるよ。ラムセス二世のミイラと、クフ王のピラミッドと、ネクベト女神と、ネフェルティティを見て、おみやげに黒いガラベーヤ買ってきてやるよ。目以外、ぜんぶ隠れるアレ」

「ミイラに呪われて帰って来られなくなるかも」

「そうしたら、美貌のエジプト人と恋に落ちて、砂漠で暮らすよ」

「アラビア語、超むずかしいわよ。ま、せいぜい頭にターバン巻いて、ラクダのタクシー運転手にでもなったら？」

「なるよ。シベリアより砂漠の方がましだね」

「砂漠は六十度よ。夏バテで三日も寝込んだ男が、よくそんなこと言えるわね」

「うるさい！　かき氷の食べすぎで、ちょっと下痢しただけだ」

ひとしきり、けなし合い合戦が終わると、再び秘の今後が気になり始めた。

「それで、合格したらということは、卒業するまでは日本にいられるっていうこと？」

「私はね。あの人は除夜の鐘と共に、あこがれのハワイ航路よ」

「ふぅーん」

あこがれのハワイ航路の意味は分からなかったが、要するにハワイへ行くということだろう。

「じゃ、秘は正真正銘の一人っ子になっちゃうんだ」

「そうなの。透ちゃん、一緒に住む？」

「へっ！　……本気？」

「冗談よ」

「なんだ」

またまた馬鹿にされ、ガクッときた僕は、アナナスのフィーズを一気に飲み干した。

「おかわりする？」

「いいよ。それより、ママちゃん、一人でハワイの別荘に住む気なの？」

「そのつもりらしいけど、でもねぇ、今度の拾い物が、いまいち不信なのよね」

「なんで？」

「スイスに行った時は一千万の高級腕時計を買わされて、中東へ行った時は三百万のペルシァ絨毯だなんて詐欺師の売り言葉に騙されて買ってきて、オーストラリアへ行ったら一夜の情夫を連れてきて、挙げ句の果てに端金を持って逃げられて、ハワイへ行ったら別荘よ。まるで騙されるために海外旅行してるみたいじゃない。別荘なんて、行ったみたら藁屋根のほったて小屋かも。ま、私がお金を出すわけじゃないから別にかまわないけど。でも、もうちょっと慎重になってほしいのよね、四十三歳のババちゃんには」

「どっちが母親か分かんねぇな」

「歳とった方が母親よ、一応」

外見で判断するには、それしかあるまい。

「で、卒業したら？」

「ここを出て一人で住むわ。苦労を背負い込んで老けるの嫌だもん」

そこで秘は、テーブルの上のセーラム・ピアニッシモ・ウルトラ・ライトに手を伸ばした。

「珍しいね、秘がたばこ喫うなんて」

「惚れた男が、たばこ喫う女は嫌いだっていうから、隠れて喫ってるの。でもね、今日は我慢できないのよ。ごめんあそばせ？」

「惚れた男ねぇ……。生理の三日前なんだ」

「よく分かるわね」

「惚れた女のことは分かるのさ」

「ふふ」

秘は、ニヤニヤしながら、カラフルな百円ライターで火を点けた。

「でも、よかった。秘と卒業するまで一緒にいられるんだな」

「卒業するまででいいの？」

「ん？　そ、そりゃー、ずーっと一緒にいたいけど」

「よっしゃ！　ほな、そうしまひょか？　兄ちゃん」

いきおい腕まくりをし、やおら立ち上がった秘は、すーっとキッチンへ消えたかと思ったら、シャルドネなんてワインを持って来た。

「シャンパンがないから、シャルドネで乾杯」

「何に乾杯するの？」

「めでたく大学生になった暁には、共同生活をするという約束に乾杯するの」

「それって、同棲？」

「させて、あげる？」

「させて、ください」

そこで見つめ合った二人は、燃えるようなキスをし、抜き差しならぬ愛欲の極致へと、なだれ込んで行ったのだった。


再び事態急変！　苦節一ヶ月間の果てに勝ち取った栄光！　それは、ちょっとオーバーか。演歌歌手ではないからな。

しかし、僕にとっては、苦節十年の有名演歌歌手と同じく、涙なくては語れない、この一ヶ月間であった。

「よかった。こうなったら猛勉強して、兄貴と同じ京都大学にでも入って、秘をびっくりさせてやるか？　……無理だな。やめよう。それにしても秘の奴、いざ海外へ行くとなったら涙なんか流しちゃって。ギングギドラの目にも涙だぜっ。ふっ。かわいいよな。たばこ喫ったたって、口が悪くたって、もういい！」

かくして究極の愛しさは、僕好みの〈女十ヶ条〉を、あっさりと塗り替えた。

そこで、手に取ったKAZAMIのCD『Believe in』を眺めた僕は、すかさずカバンの中に仕舞った。

明日、秘の部屋で、二人で聴くために。

ウルトラ・ショック！

平凡な女たちの中で、ひときわ目立つ派手な顔立ち。凛とした態度から滲み出る強烈な個性とパワー。

「迫力あるな、あの女。でも、べっぴん！」

赤の他人に何度言わせたことだろう、そのセリフを。

しかし、そんなセリフを言わせずにはおかない森尾秘の前に好敵手が現われた。

二年生に進級した六月上旬。朝のホームルームが始まると、担任教師はこう言った。

「今日から、このクラスに美しい女生徒が一人加わることになった。じゃ、まず自己紹介をしてもらおうかな」

「おっ、迫力べっぴん！」

男子生徒全員の感想をうっかり漏らした素直な感激野郎は、隣席の織田裕一郎だった。

「あんな顔して、変な名前だったら笑えるぜ」

それは僕も同感だった。

そこで一流ダンサーを目指してバレエのお稽古でもしてきたようなキリッとした姿勢で教壇に直立した彼女は、宝塚音楽学校の生徒のような口調で言った。

「海堂志麻です」

かいどうしま？　ヤクザの娘みたいな名前だな、と思ったら、誰かが「ぷっ」と吹いた。

「何がおかしいの？」

すかさず逆鱗の一声が、ビューンと飛んできた。

あっ！　まずい。が、遅かった。

教壇から下り、つかつかと歩み寄って来た彼女は、柏木の前で立ち止まった。

「あなた、お前は？」

「柏木隼人」

「チャンバラ映画に登場する素浪人みたいな名前ね」

「時代劇っていうんだよ」

「カタカナで表現したまでよ」

ふぅーん、なかなか。秘といい勝負だな。

すると、秘が「エヘン！」と咳払いをした。

まずい。ライバル意識丸出しだ。

「そこの二人、個人面談は別の機会にしなさい。他の人が気が気じゃないでしょう」

温厚な担任教師のおかげで、その場はどうにか治まった。

ところが、初対面で火花を散らした美女と野獣は、その後もスパーリングし続け、行き着いた所は……。

「厚木くん。君の彼女って、気取ったアフリカライオンみたいな森尾さんなの？」

「えっ！」

なんで俺に八つ当たりするんだよ。

「なんですって、ひねくれ曲がった根性の人喰いゴブラさん」

あらら。アフリカライオンと人喰いコブラか。でも、ぴったりだ。

「あなた、いい根性してるじゃない」

「いいのは根性だけじゃないわよ。どこに目をつけてるの？　ヒラメのような目をした海堂さん」

す、すんげぇー。

「私、アマゾネスに興味はないから今日の所は忘れてあげるけど。森尾さん、私あなたのこと気に入りそうよ」

「私は嫌いよ！」

この有り様だった。


カーネル太っちょ爺さんが見張り番をしている店。最近は、そこが二人のデート拠点である。

「あの女、A型なの？　やっぱりね。そういう顔してるわ」

「そういうって？」

「セコくて、固くて、融通が利かない、スペイン毒サソリみたいな顔よ」

秘は、フライドポテトを噛りながら、海堂志麻の血液型性格判断による決定的なマイナス要因を述べた。

「なるほど。鋭い観察力だな」

同じA型の僕は感心しつつ、フライドポテトを三本まとめて噛った。

「そういえば、透ちゃんモテるから、古典の時間、永井弘美が泣きそうな顔で見つめてたけど。投げキッスでもして、サービスしてあげたら？　内申書が良くなるかも」

永井弘美は生徒ではない。先生だ。

「嫌だよ。あんな地味な顔のオバちゃん」

「彼女、三十歳よ。永井弘美がオバちゃんだったら、透が好きな中山美穂だってオバちゃんじゃない」

「なに言ってんだよ。中山美穂と永井弘美を同じにするなよ」

「同じじゃない。顔と職業以外は」

秘は、クリスピーを頬張りながら、こともなげに言い切った。

「フン！　自分だって英語の時間、平野昌平にスケべっぽい目で見られてたくせに」

負けてなるかと、クリスピーを丸ごと一個口の中に押し込んだ。

「奴はド近眼なの。眼鏡を外したら、世の中真っ暗闇じゃござんせんか。今日がそれよ」

確かに、今日は眼鏡をかけていなかったっけ。チェッ！

「ホエ、ホヘンハンハ、ヘラヘラモン」

（俺、古典なんか嫌いだもん）と言ったつもりだったが、口の中がクリスピーで一杯だったため、正しい発音が出来なかった。にもかかわらず、秘は僕の言葉を正しく聞き取っていたから驚いた。

「威張らなくても成績を見れば分かるわよ。コーラ、おかわりする？」

その上、秘は話題転換が得意だ。僕に反撃の余地すら与えない。

「なんか、煙に巻かれたみたいだな」

「そりゃそうよ。忍者姿の真田広之に憧れて、ファンレター送ったくらいだもの」

「ファンレター？」

「そう。幼稚園の時、『影の軍団』の再放送を観てたの。アレで教育されて、ＪＡＣに入る決心をしたのよ」

「ＪＡＣって、ジャパン・アクション・クラブ？」

「ご明答」

そこで秘は、『影の軍団』のテーマ曲をハミングしながら席を立ち、一分後、『傷だらけの人生』を口ずさみながら戻ってきた。

「透って、バレット・オリバーと真田広之の血をブレンドしたような顔してるのよね。そこが気に入ってるの私としては。飲んだら？　冷めないうちに」

秘は、ホットコーヒーでも勧めるようなことを言い、ストローでチュルチュルとコーラを飲み始めた。

「どうしてＪＡＣに入らなかったの？」

「願書提出の前日に考え直したの」

「なんで？」

「パパとママが離婚届けを提出する日と重なるのが嫌だったから」

いくらませたガキでも、そこまで考えられるかな？　と疑いつつ、ストローでチュルチュル、コーラを啜った。

「秘って、ヤクザ映画も好きなの？」

「どうして分かるの？」

「だって、高倉健が歌いそうな渋い歌、こんな所で平気で歌うからさ。俺だったら、せめて水戸黄門ぐらいで抑えておくな」

「人生楽ばかり。さっきのは鶴田浩二よ」

「違うよ。人生楽ありゃ苦もあるさ、だよ」

「同じ一生なら、楽ばかりの方がいいじゃない」

そこで秘は、果実のマーブルアイス・マンゴを食べ始めた。

「秘、これからどうする？」

いちごのムースを食べながら言った。

「帰る」

「家に？」

「どこへ帰るのよ、みなしごハッチじゃあるまいし」

「みなしごハッチ？　なにそれ」

「なつかしのアニメ特集で観たの」

そこで秘は、『みなしごハッチ』の一コーラスを、演歌歌手のような歌い方で、こぶしを回し情感たっぷりに歌い上げた。

「へたくそだって言いたいの?」

秘は、言われる前に自己評価した。

「ううん、上手だよ。石川さゆりみたいで」

とは言ったものの、石川さゆりの顔が浮かばなかった。

「石川さゆりって、どういう人だっけ」

「あ、なんていうか……とにかく歌がうまくて、女らしくて、ものすごい美人だよ」

「ふぅーん。ねぇ、透ちゃん。今日、家に寄ってく? 一緒に受験勉強したいな」

「勉強だけ?」

すると秘は、突然モーニング娘の『黄色いお空でBOOM BOOM BOOM』を、マドンナのような顔で歌い始めた。

「黄色い夕陽にブーンブーンブーン、何も言わずキスをしよう、僕たち二人の永遠の誓いさ、アイラブユー」

と。

映画『マネキン』を観ながら、ポテトチップスのコンソメ味を食べ、KAZAMIを思い浮かべつつ、シリア砂漠でブルースハープを吹く羊飼いのキーファー・サザーランドが、J・P・Sを喫いながら、フィアット124スパイダーに乗って、中山美穂に会いに行く、のが俺ならいいな。俺の理想。

しかし、アンデス山脈のような高い理想とは裏腹に、現実は日光華厳の滝の滝壺で、滝に打たれ苦行に耐える修業僧のような日々だった。

「透・ち・や・ん。ケンタのツイスターセットご馳走するわ」

ニコニコ笑顔で僕の前に立ちはだかったのは、森尾秘だ。しかし、百年に一度ぐらいしかお目にかかれない秘の笑顔の奥には、何やら魂胆が隠れていそうだ。

「真田広之とバレット・オリバーと春休みと夏休みと冬休みが、まとめて来たみたいだね」

「アラビア人も来るの」

その言葉の意味の難解さは、次の授業の物理と、ほぼ互角と思えた。

「クロスワードパズルのヒントみたいなこと言うなよ」

「ふふ。ねぇ、今日つき合ってくれない？」

「ヤクザ映画は嫌だよ」

「ヤクザ映画なんかやってないじゃない」

「やってるだろう？　『極道の妻たち』」

「あれは極道でしょう？　ヤクザじゃないわよ」

「同じだよ。どこが違うっていうんだよ」

すると秘は、白衣を綺麗に着こなした女医のような表情で、極道とヤクザの相違点を講釈した。

「極道とは、極道楽人を指す言葉。ヤクザってのは、仁義なき戦いに命をかける渡世人の意味」

「渡世人？」

「ま、早い話、義侠心に燃える男の中の男っちゅう意味じゃけんのぉー兄ちゃん」

僕は無視した。一人で菅原文太でもやってろ。しっしっ。

「ねぇ透。ツイスターセットにジンガーサンドとサラダパックとアイスコーヒーも付けるから、一緒に行って？」

そして僕のYシャツを引っ張って、おねだりする。

「トイレに付き合うのは嫌だよ」

「誰が男とトイレに行くのよ。デパートよ」

「デパート？　分かった！　特設コーナーで、仮面ライダーショーやってるんだろう」

「君の頭の中には、ひまわり幼稚園時代の回顧録しか浮かばないの？」

「冗談だよ」

「とても冗談とは思えないけど」

その時、三時間目の始業を報らせるチャイムが鳴った。

「ゴングが鳴ったわよ、リネカー」

「サッカーはホイッスルだよ」

「知ってるわよ。君を試しただけよ」

くっそぉー！


秘のお供で、やって来ましたPデパート。

さっそくエレベーターに乗り込むと、秘は迷わず四階のボタンを押した。

「四階は紳士服売り場だよ」

「分かってるわよ」

「あ、もしかして、俺の誕生日のプレゼントを選んでくれたりして」

「A型って、とことん自意識過剰な生き物なのね。感心するわ」

B型の秘は、呆れ顔でそっぽを向く。

「なんだ」

ガックリきた所で、エレベーターの扉が開いた。

「ねぇ、男の人が突然プレゼントされて嬉しいものって何？」

「何歳ぐらいの人」

「四十五」

「四十五？　親父みたいだな」

「親父よ」

「誰の」

「私」

僕は一瞬、クラっとした。秘は母子家庭の一人娘だ。なのに、どうして今頃親父が登場するんだ。

「十二年ぶりの再会なの。せめて五歳まではパパだった人に、何かプレゼントしてあげたいのよ」

「あ、そういうこと。で、いい男なの」

「もちろん。アラビア人だもの」

「アラビア人？」

「に、似てるのよ。昔、ここの喫茶店にあったキャラバンコーヒーのポスターのアラビア人に似てた、スーパーハンサム」

「ふぅーん。知らないけど」

と、カラフルなネクタイに視線を向けながら相槌を打った。

「イブ・サンローランのネクタイとか」

「ネクタイねぇ……」

「じゃ、オーデ・コロン」

「あぁ、いいかもね」

ということで、一階香水売り場へと移動した。

「アラミスの九百番がいいよ」

「超人気の定番？」

「なんだ、知ってるのか」

いまいちパッとしないな。

「じゃ、キスでもしてやったら？　綺麗な娘にされたら、デレデレになるぜ？」

「なーるほど。グッドアイディア。それで行くわ」

「うっそ」

「パパなら、全部あげたっていいもん」

「おい。危険な発言するなよ。恋人の前だろう？」

「パパと比べたら、月とスッポン！」

「なんだこの女。あっそ。だったら、とことん親父とイチャついてろッ！」

「ふっ。やきもち妬いちゃって」

「あったまきた。俺は帰る」

「どこへ？」

「みなしごハッチじゃあるまいし、家に決まってるだろう」

「ケンタのツイスターセット、いらないの？」

「いるか！　そんなもん」

久しぶりに激怒した僕は、秘に背を向けると歩を速め、そのまま出口に向かった。

ところが、恐ろしく足の速い秘は、すぐに追いついた。

「透。待ってよ。ねぇ……」

控え目な態度で横に並んだ秘は、僕の顔色を窺いつつ、遠慮がちに言った。

「冗談、キツかった？」

しかし、怒りが治まらない僕は秘を無視して外へ出た。

と、そこへ、よりによって海堂志麻が現われた。

「あら、一人で買い物？」

「二人よ」

すかさず割って入った秘を目にしたとたん、海堂志麻の表情が変わった。

「付き人がいたのね」

「マネージャーもいるわよ。スタイリストもいるし、コーディネーターもいるけど」

「それを全部、森尾さんが一人で引き受けてるわけ？」

「馬鹿なこと言わないで。事務所の人間に決まってるじゃない」

なんだよ、こんな所で。真剣勝負なら、リングの上でやってくれ！　とは言えず、僕はさりげなく二人から離れようと背を向けた。

と、目の前に、クラスメイトの黒須慎一が立っていた。

「おっ、びっくりした。なんだよお前」

「付き人だよ」

「誰の」

すると、大仁田厚のような体型の黒須は、円満な笑顔で、視線を少しだけ横に外した。

その視線に合わせて振り向くと、海堂志麻と目が合った。

うそ！

咄嗟に吹き出しそうになったが、かろうじて堪え、恐怖に慄きつつ俯くと、僕の腕に手を回した秘が背後のライバル海堂に当てつけがましく、しっかりと寄り添い歩き出す。

「勝負ついたのかよ、デビル海堂と」

「一本勝ちに決まってるじゃない」

「どっちが」

「ジャガー森尾」

自分で言ってりゃ世話はない。

「しっかし、まさかデビルと黒須が付き合ってるとはね」

「お似合いじゃない」

「どこが」

「恋人選びのセンスの悪さよ。……そう思わない？」

秘の言葉と熱い視線が、たちまち僕を骨抜きにしてしまう。

「ふっ」

「ねぇ、お好み焼き食べて行かない？」

「どこで」

「うちで」

「作ってくれるの？」

そこで、なぜかご機嫌の秘は、愛車ビアンキナイアラのハンドルを握ると、アクセルを噴かす真似をし、モーニング娘の『黄色いお空でＢＯＯＭ　ＢＯＯＭ　ＢＯＯＭ』を、ノリに乗って歌い始めた。

「イエスイエス、ブーンブーンブーン、イエス、ジャスト、ヒアウイゴー、恋人の愛の星」と。


〈シュシュ〉の地下駐車場に、ジャガーの姿が見えない。

「今日も留守か」

「もうすぐ帰ってくるわよ」

「えっ！　なんだ、早く言えよ」

「あの人じゃないわよ。ジャガーのことよ」

僕は駐車場を振り返り、そして秘に視線を戻した。

「車検なの。でも代車を嫌って電車で行ったのよ、神戸まで」

「あ、そう。で、いつ帰ってくるの？」

「たぶん、来月の末」

「一カ月以上。長いね」

「六甲山でパパとデートしてるのよ」

「パパと？　なんで」

ところが、秘は答えず、乗り込んだエレベーターの扉が閉まると同時に僕に抱き付いてきた。

「透。毎日、一緒に居たい」

「あぁ。俺も、居たいよ」

「本当？」

「うん」

そして扉が開き、僕から離れた秘の目に、涙が溢れていた。

「どうしたんだよ」

けれど、すぐに背を向けた秘は５０５号室のドアを開けると、そのまま自室に消えてしまった。

そんな不可解な様子に不安を覚えた僕は後を追い、そっと秘の部屋を覗いてみた。

「……秘」

ベッドにうつ伏せになっている秘に歩み寄り、そっと声をかけた。

「ママ……」

「お母さん、どうかしたの？」

「交通事故で入院してるの」

「えーっ！　いつ」

「おとといの夜、電話かかってきて」

そこで言葉を切った秘の肩と背中が震えだした。

僕は思わず秘を抱き寄せた。

「なんで早く言わなかったんだよ」

「だって……」

僕の腕の中で秘は声をあげて泣き始めた。

「大丈夫だよ。俺、毎日来るから。毎日来て秘のそばに居るよ。な？」

「……う」

「大丈夫だよ。お母さん、絶対よくなるから」

「……う」

「今は、信じることと祈ることだよ」

「……ううぅ」

泣きながら、僕の言葉に素直に従う秘の体は熱く、しなやかで柔らかい。そんな秘を、どんな慰めの言葉よりも肌の温もりで癒してやりたかった。そして落ち着きを取り戻し、流した涙が乾くまで、非力な者を庇護し慈しみ哀れむような思いで抱きしめていた。

「透」

「うん？」

「ずっと、そばにいて」

「うん、いるよ」

「もう、一人は嫌」

「うん。分かってる」

どれほど気が強そうに見えても、秘は毎日この淋しさと心細さに耐えて来たのだろう。そう思うと、秘の充たされない心情が思いやられ、胸の奥が痛み始めた。

「早く、一緒に住めるといいね」

「パパも、そう言ってるの。でも、ママが嫌がって。それで話し合いが難航して、パパの所へ行ったのよ」

「……何の話？」

「パパとママの復縁の話」

「えっ！　なんだそれ？」

すると、静かに離れた秘は、ベッドを椅子がわりに掛け直し、足を組んだ。

「パパ、離婚後も独身を通して、ずっとママに復縁を迫ってたのよ。でも、離婚の原因がパパの浮気だったから、ママは許せなかったのね。だけど最近、年のせいか態度が軟化してきて、その話し合いのために神戸まで行ったの」

「お父さん、神戸に住んでるの？」

「そう」

「で？」

「高校に入学する時わざわざ来てくれたの」

「お父さん？」

「うん。少し老けたけど、でも素敵だった。誕生日には毎年プレゼントが届くし、私も写真を送ってあげてたから、パパとの仲は良かったの。それで今度、近くに出張の予定があったから会うことになってたのに、ママの事故を聞いて献身的な看病をしてるのよ」

「だったら、秘が早く結婚して、自分で家族を作ればいいじゃないか。たとえ両親が復縁しても、失った時間は取り戻せないよ。俺なら、そう考えるけどな」

するとと秘は、僕の横顔を眺めながら言った。

「じゃ、すぐ結婚しよう？」

「えっ！　今？」

「善は急げよ」

「いや、それはそうだけど、何も今じゃなくても」

「だって、秘が早く結婚して、自分で家族を作ればいいじゃないかって言ったじゃない。嘘なの?」

「いや、嘘じゃないけど早すぎるよ。せめて大学卒業してからにしようよ」

「そんなに待てないもん」

「だけど」

「透が嫌なら別の男にするわよ」

「なんで。嫌だなんて言ってないだろう?」

「じゃ、私と結婚する?」

「もちろん」

「いつ?」

「だから、大学卒業したら、すぐ」

「本当ね?」

「うん。約束する」

「よし!　契約成立。今の言葉、結婚するまで忘れないでね?　それまで生存していればの話だけど」

「なんだよ、急に元気になっちゃって」

「ふふふ。今の話ね、80%嘘なの」

「あぁー？　80％嘘？」

僕は一瞬、金属バットでおもいっきり殴られたような打撃を受けた。

「じゃ、どこが本当なんだよ」

「パパは、ママと離婚した直後に派手好きな美人秘書と再婚して三年後に離婚。その後、美人ホステスと再々婚したけど二年後に離婚。今は神戸で怪しげな貿易会社を経営していて羽振りは良さそうだけど、いつまで続くか分かったもんじゃないわ」

「で、再々再婚したの？」

「一応独身。でも、女はいるわよ」

「じゃ、復縁の話は？」

「あるわけないわよ。ママにも恋人がいるもの。でも、パパは会いたがってるの、一人娘の私に。だから、ちょっと可哀想かなと思って、デートの約束までしてあげたのに」

「なんだ、またか。騙され、過酷な労働を強いられ、数々の受難と犠牲の果てに手の込んだ迫真の演技で、遠い将来まで呪縛するような約束までさせられて。俺の一生、『山椒太夫』の厨子王みたいだな」

「だったら厨子王、そういう言葉は臨終の時までとっておいた方がいいわよ。人生、何があるか分からないんだから」

「分かるよ。どうせ俺の一生、谷あり谷ありだよ」

「大丈夫よ。私が付いてるから」

「だから谷ばっかりなんだよッ！」

僕は呆れ果て、激怒の限界に到達した後の虚しささえ感じ始めた。そして、深い吐息をつくと、ただ一つの疑問を突きつけた。

「こんな芝居までして、何が楽しいんだ？」

すると、秘は妙な笑顔で僕を凝視し、答えた。

「透の口から婚約の意志を確認したかったの。そのために、ほんの少し脚色しただけよ」

「脚色なんかするなよ。正直に言えばいいだろう？　ったく」

「だって、あの人が事故に遭って、しばらく帰って来られないから、ドラマチックな見せ場を作っただけじゃない」

「じゃ、脚色なしの実話はどうなってんだよ」

「神戸でセミナーがあったの。その夜、男と待ち合わせた六甲山のホテルへ向かう途中、事故に遭ったのよ。しかも、あの人が乗ってたタクシーに追突したのが、よりによって酔っ払い運転のパパだったの。そんな恥さらしなこと言えないじゃない」

「言ってるだろう？」

「言えって脅迫されたから言ったんじゃない」

「何が脅迫だよ。で、具合はどうなんだよ」

「全身打撲で全治一カ月の見込み」

「親父は？」

「シオシオのパーよ。免許取り上げの上、同じ病院に仲良く入院中。お話にならないわ」

秘は冷めた表情でそう言うと、ベッドから離れ、寝室を出て行った。

残された僕は、虚実入り乱れた秘の実話に翻弄されつつも、流した涙にだけは嘘がなかったことを信じたかった。

「しっかし、ドラマチックな元夫婦だよな。そんな親から生まれた娘が、本気で俺と結婚したいのかね」

「したいわよ。退屈しないもん」

ドアの前で、当たり付きのアイスキャンディーを二本、手に持ったまま秘はそう言い、笑った。


一学期の期末テストの成績は相変わらずだったが、秘の態度も相変わらずだった。その上、明日は三者面談が控えている。

「あーあ、気が重いな」

呟きつつ教室に入ると、僕の机の上にポテトチップスのコンソメ味が、うずたかく積み上げられていた。

「なんだこれ」

「エジプトの奴隷が積み上げたピラミッドみたいだな」

相変わらず脳天気な相原誠の感想に思わず頷いてしまった僕の背後から、今度は別の声が加わった。

「厚木くん、ポテトチップスの訪問販売でもするの？」

「えっ？」

振り向くと、海堂志麻が立っていた。

「口も首も突っ込まないで頂戴。あなたには全然関係のないことよ」

するとそこへ、秘が飛び入り参加をした。

「関係はないけど興味があったの。こんなに、誰がどこから持って来たのかと思って」

「お店に決まってるじゃない。この学校に、ポテトチップス専用の工場があるとでも思ってたの？」

「思ってたわ。ライオンの餌を作るための」

「プールなら裏の方にあるけど。ワニとピラニアと人喰いコブラを飼い慣らすための」

二人の会話を聞いていると、おかしくて吹き出しそうになる。けれど、ここで吹いたら身の危険が予想された。

「その餌なのね、このポテトチップスは」

「察しが悪いコブラの口から、よだれが垂れてるわよ。朝食抜きなんじゃなくて？　ダイエットおたくの海堂さん」

「いい女は常にハングリーなものよ。朝からライオンのように肉を食らって、ブタのように太りたくないものね？　森尾さん」

「それで栄養失調のカマキリみたいな体なのね、海堂志麻さんて」

そこで、ライオンとコブラは睨み合った。

「あっ、キリンだ！」

開け放した廊下側の窓から、教室に向かって歩いて来る担任教師、大友圭介の姿が見えた。

その、キリンという渾名が示す体型の彼が、今朝に限っては、今は亡きプロレス界のスーパーヒーロー、ジャイアント馬場に見えたのが不思議だった。

「邪魔が入ったわね」

コブラが言った。

「ホッとしたんじゃないの？」

ライオンが言った。

「キリンが来たよ」

相原が言った。

とたんに、コブラとライオンに睨まれた。

ここは、野性の王国か。

昼休み。

購買部からもらって来たビニール袋に三十九袋のポテトチップスを入れ、自転車の籠に入れてから昇降口で靴を履き替えていた僕の前に、黒須慎一がやって来た。

「厚木、ルール無用の悪党に、正義のパンチをブチかませっ、か？」

デカい体のわりに声の小さい黒須は、『タイガーマスク』の主題歌のワンフレーズを、蚊の鳴くような声で囁くように歌った。

「俺は、控室で縄跳びでもしてるよ」

すると黒須は、無言で頷いた。

「まったく、気が強くて口の悪い女って、おっかねぇよな」

「あれで顔も悪かったら、生きた心地しないよな」

「黒須、ジャガー森尾とデビル海堂の前でそんなこと言ったら、黒酢にされるぞ」

「あーっははははは。面白いこと言うね。ヒットヒット」

体の大きい黒須は心も大きいらしい。ついでに、太っ腹だ。

「つまんねぇシャレだよ」

「そんなことないよ。でもさ、あんな女じゃ、結婚する男なんかいないよな」

ドキン！　とした。

「物好きな男は結構いるよ。ま、ああいう女に限って男と二人になると、案外かわいい女の地なんか見せたりするんじゃねぇの？」

「そうかぁ？　デートの時間に少しでも遅れたら、いきなり空手チョップで倒された後、四の字固めでギブアップするまで締め上げられそうだけどな」

「黒須、それ、経験上の実話か」

すると、黒須のどデカい体が、ブルン！　と震えた。

「ま、まさかぁー、冗談キツイよ」

「芸能人じゃないから、別に追求はしないけど」

「あっ、次は体育だよ」

教室へ向かおうとした僕に、更衣室への方向転換を促す黒須。

「分かってるよ。トレパン持って来るんだよ。今日はマラソンだしな」

「うそ！」

「うそだよ」

「なんだ。最近、森尾の口調に似てきたな。まさか深い仲じゃないだろう？　なんてね。あんな猛獣みたいな女なんかとさ」

「ひとのこと言えるのかよ、魔神ブーが」

「『ドラゴンボール』の？　あーっははは。魔神ブーなんて言われたの初めてだな」

てめぇーは、どこまで太っ腹なんだ。

「お前だって、まさか海堂とデキてるわけじゃないだろう？　あんな怒り狂った闘牛みたいな女なんかとさ」

すると、黒須の体が、ブルンブルンと震えた。

「でも、刺激があっていいよ」

「血祭りに上げられそうな闘牛の刺激か？」

「違うよ。チョコレートパフェみたいな味の、プリンみたいな刺激だよ」

教室の入り口で思わず絶句した僕は、宇宙人に遭遇したような驚きに見開いた目で、黒須を見つめた。


放課後。

「ねぇ、寄ってく？」

「地球へ？」

「そのコマーシャルは終わったでしょう？」

秘は、つまらなそうな顔で唇を歪めた。

「それより、明日の三者面談、秘はいいよな。個人面談の上、進学に問題なんかなさそうだもん」

「問題はないけど不安はあるわよ」

「あるの？」

「君が無事合格してくれないと、別の男と一緒に住まなくちゃならない不安がね」

秘は、すました顔でそんなことを言い、プレッシャーをかける。

「どこ受験するの？」

「東大、は無理だから、仙台」

「秘だったら何もわざわざ仙台まで行かなくても、どんなもんだい聖心女子大！　あたりでいいだろう？」

「ふん。かわいいギャグが返せるようになったのね。ちょっと見直したわ」

「そんなことで見直されてもね」

「あの人、予定より早く退院できそうなの。昨夜、電話があったの」

「本当？　よかったじゃん」

「まあね。でも、その後しばらく自宅療養よ。だから、鬼の居ぬ間に君とラブラブ&受験勉強をしたいわけ。乗ってく？」

「ラララ無人くん、ラララ矛盾くん。乗った」

というわけで、秘の誘いに簡単に乗ってしまう僕は、やはり気取ったアフリカライオンの餌食のような存在かもしれない、と思いつつ、秘のマンションへ直行した。


「透。どこ受験するの？」

「関西。山本じゃないよ？」

シャープペンシルを親指と人差指でクルンと回しながら答えた。

「宝塚音楽学校ね」

「なんで」

「だって、他に透が行けそうな関西の学校なんて知らないもん」

ベビースターの塩味を食べながら、秘は言った。

「大阪芸術大学だよ、一応」

「ふぅーん。合格するんじゃない？」

「そうかな？」

「勉強すれば」

「なんだ」

「当たり前じゃない。誰だって勉強するから合格するのよ。勉強もしないで大学に合格する人なんかいるわけないでしょう」

いつものように、広いリビング・ルームのテーブルに問題集、参考書、ノート、その他を広げ、秘と僕は向かい合い、受験勉強に取り組んでいた。

「でも、近くの学校に入学できないと、同棲は無理だよね」

「そう？」

「だって東北と関西じゃ話にならないぜ？」

世界史の問題集から顔を上げて言った。

「じゃ、志望校を変えたら？」

英語の参考書から顔を上げ、秘は言った。

「たとえば？」

「東京女子大か、明治」

「に、変えるの？」

「前から決めてたの」

「なんだ」

「透だって、いくつか受験すれば一つぐらいは受かるわよ。まぐれで」

「まぐれか」

「今の学力ならね。でも、もしかすると、まだ眠っている優れた遺伝子があるかも」

「いいよ、そんなこと言わなくても」

そして僕は、世界史の問題集に視線を落とした。

「だって、お兄さんとお姉さんは優秀なんでしょう？」

「奴らはね。でも、遺伝子が違うから」

「腹違いなの？」

「そうじゃないけど。もう、いいよ」

兄や姉と比較されることほど嫌なものはない。

僕は、ポテトチップス・コンソメ味の袋を開け、パリパリと食べ始めた。

「透ちゃん、自分が思ってるほど頭悪いわけじゃないから大丈夫よ。もう少し勉強すれば」

「はい。勉強勉強、デート、勉強勉強、勉強」

「焼肉のたれ戦法？」

「そっ」

それ以降、秘を家庭教師に祭り上げ、まだ眠っているかもしれない優れた遺伝子に救いを求めつつ、僕は人が変わったように勉学に勤しんだ。


二学期を迎えると、夏休みのほとんどを一日十二時間の受験勉強に費やした僕は、中間テストの成績順位を見るのが楽しみなほど受験生らしい顔つきになってきた。

そんな僕の部屋の壁には、カレンダーの裏側にマジックペンで書いた六つの四字熟語が並んでいる。

一、堅忍不抜。
二、乾坤一擲。
三、粉骨砕身。
四、一騎当千。
五、一陽来復。

六、英明果敢。

これで、僕の成績順位も確実に五十番はアップするに違いない。あくまでも目標は高く、時間と体力と集中力が許す限り、絶えず努力を惜しまず。したがって、成績は……。


「上がる一方だな」

「これからは下がる一方よ」

「なんで。自慢じゃないけど、猛勉強してるよ？」

「気温が下がる一方だっていう意味よ。秋だもの」

「なんだ」


始業式が終わり、教室に戻った僕と秘は窓際に並ぶと、いつも通り、そんな会話で始まった。


「別な意味で上がった女もいるけど」

「生理？」

「馬鹿！」

「なんだよ馬鹿って」

「じゃ、大馬鹿野郎に訂正してあげるわよ」

「いいよ、そんなこと訂正しなくても！　で、誰が、どういう意味で、何が上がったの」

「本日、欠席した女生徒は？」

「欠席？　……あ、デビル海堂」

「そのデビル、退学したのよ」

「うそ！」

「私が嘘なんか言うわけないでしょう？」

嘘ばっかり。

「なんでまた」

「その話の続き、ケンタでしない？」

僕が頷くと、さっそく帰宅準備に取りかかった二人は、学校から自転車で十分ほどの近場にある馴染みのデート拠点へ向かった。

昼食を安上がりに済ませた中年サラリーマン集団と入れ代わりに店内に入ると、二人用の小さなテーブルに席を取った。

「私、ツイスターセット」

「俺も同じ」

「じゃ、買って来て」

これだ。悪いけど、の一言ぐらい付けろよ、と思いつつ席を立ち、二分後にテーブルに戻った。

「さっきの話の続きだけど、なんで退学したの？　デビル」

とりあえず、コーラを一口飲んでから尋ねた。

「妊娠したのよ」

「えっ！　相手は？」

「悪魔」

「あぁ、デビルは、あくまでデビルなわけだ」

と納得しつつ、ツイスターに噛りついた。

「黒須くん、ショックのあまり、拒食症にならなければいいけど」

「なった方がいいんじゃない？　五十キロぐらい」

「冷たいのね。デビルの相手は黒須くんじゃなかったのよ？」

「悪魔だろう？」

「いつまで言ってるのよ。村松博人よ」

「えーっ！　あの、体育教師の？」

「そう」

そこで秘は、ツイスターを一口噛り、続けた。

「あいつ、ハンマー投げの室伏広治に似てるからって、いい気になってたのよ」

「ま、男にも人気あるけど」

「それをいいことに、転校して来た海堂志麻に目を付けて、さっそくその週の日曜日に呼び出したのよ」

「なんで秘が知ってるの、そんなことまで」

「私も呼び出されたから。過去数回」

「村松に？」

秘は、コーラを飲みながら頷いた。

「行ったのか！」

「行くわけないじゃない。筋肉マンなんか興味ないし、付き合ってる男がいるもの」

「誰」

「なに寝ボケたこと言ってるの。胸に手を当てて考えたら？」

「……俺？」

「他に誰がいるのよ」

「あぁ、なんだ。びっくりした」

安堵した僕は、コーラを一気に飲み干した。

「それで？」

「夏休みの後半に妊娠に気づいて、村松に連絡したら冷たくあしらわれたのよ。その腹いせに、校長に密告したんだって」

「誰に聞いたの？」

「田村千穂のお母さん。あの人、ママの組織の特約店なのよ。それで、ママの耳に入れたのを私が聞いたわけ」

そこで秘は吐息をつき、フライドポテトを一本、噛った。

「でも、なんで田村が知ってるんだ？　そんなことまで」

「千穂も村松の生け贄に選ばれた一人だからよ」

「田村が？」

「そう。でも、あの子遊び慣れしてるから、村松なんか適当にあしらって、確実な情報だけは持ち帰って来るのよ、いつも」

「いつも？」

秘は適当に頷き、二本目のポテトに手を伸ばした。

「じゃ、村松もクビか」

「当然よ」

秘は冷たく言い放ったが、表情はいつになく沈んでいる。

僕は、残りのツイスターを口に入れ、咀嚼しながら秘の胸中を察した。

おそらく、災難に見舞われた海堂は、世間の中傷、誹謗が飛び交う中、一人淋しく自宅に引きこもり、後悔と懺悔の日々を送っているのかもしれない。そんな彼女を毛嫌いしていた秘とはいえ、やはり女の痛みには敏感に反応し、同情せざるを得なかった。そこで、正義感に燃える秘は何をしでかすか分かったものではない。と、これからの行動を案じてしまう。

「どうしてるのかな、海堂」

「北海道へ帰ったわよ」

「えっ？　何、シャレてんの？」

「誰がこんな時に駄洒落なんか飛ばすのよ。彼女、北海道出身なの。ただ、単身赴任の父親に便乗して転校して来ただけだったのよ。だから実家に戻って、来年、美容学校に入るみたいよ？」

そして秘は、フライドポテトを二本まとめて噛った。

なんだ、考えすぎか。

そして僕もポテトを一本、噛った。

「海堂も気の毒だったけど、黒須も気の毒だよな」

「受験に響きそうね、優等生の黒須くんは」

「『嘆きの天使』のラート教授みたいな、転落の人生にならなきゃいいけど」

「よく知ってるわね、その映画」

「うちの兄貴が高校生の時に観てたんだよ。女子高の生徒に夢中になって、振られたショックで成績ガタ落ち。その頃ずっと観てて、結果、一浪したくらいだから」

「へぇー。で、今は？」

「その反動で男に夢中になってるよ」

「そうなの？」

「うん。ま、ギリシア神話の英雄だけどね」

「誰？」

「ヘラクレス」

「ヘラクレス?」

「そっ。貧弱な体だから、ジムに通って見たこともないヘラクレスみたいな、ムキムキボディーになりたいんだってさ。オイル塗りまくって鏡の前でポーズしてたよ、夏休み」

「秀才も苦労があるのね」

秘は、残りのコーラを飲み干した。

「ま、何事も、ほどほどがいいよね」

僕は、残りのフライドポテトを、まとめて口の中に入れた。

「でも、秀才じゃない透ちゃんも、近頃よく勉強してるみたいだから、私と同じ大学に行けるかもよ」

「ホーホーホへハへ(東京女子大?)」

「……」

「ホーハンハヨ。ハンハヨ、ホンハハオへメウハホ」

(冗談だよ。なんだよ、そんな顔で見るなよ)と言ったつもりだったが、秘の顔は見る間に怒りと蔑みの表情に豹変した。

「前言撤回いたしますわ、透お姉さま。それじゃ、お先に失礼。どうぞ、ごゆっくり」

冷たい声で、そんなご挨拶と共に席を立った秘は、逃げるように出口へ向かった。

「あーあ。馬鹿は苦労だらけだ」

残された僕は深い吐息をつき、淋しく自己嫌悪に陥った。

秋雨前線に伴い、僕の心もようも停滞期に入った。例えて言うなら、小笠原気団が森尾秘、大陸気団が大学受験。その狭間で一休みする一休さん、それが僕だ。

しかし、一休さんほどの頓智頓才があったなら、宇宙人とＵＦＯの真実から、地球環境問題、世界の民族・宗教戦争、核問題、経済摩擦、少子高齢化問題、難民問題、領土問題、失業問題、人種差別、未成年者の非行、果ては夫の浮気、嫁姑問題まで、なんだって解決できそうだ。と思ったが、それは無理だろう。なにせ、テレビアニメの『一休さん』は、本物の一休さんを凌ぐ原作者の明晰な頭脳とアイディアによって創作された、恐ろしく頓智の働く小坊主なのだ。

「あんなウルトラ小坊主、いるわけないよな」

と呟き、帰宅準備を始めた僕の前に、小笠原気団がやって来た。

「ＮＯＶＡへ行こうかどうか、悩んでたの？」

「秋雨前線を追っ払う方法を考えてたんだよ」

「そんな無駄なこと考えなくても、来週あたり秋空を拝めるわよ。天気予報観てないの？」

「観ても無駄。ツンドラ地帯に、ハリケーンが吹きまくってるようなもんだよ」

「ハリケーンはカリブ海や太平洋東部に発生する熱帯低気圧よ。どうしてアラスカやシベリアで吹きまくれるの。ブリザードの間違いじゃない？」

「極地へ送り込む気かよ。俺の心もようのイメージを言ったまでだよ」

「要は、手がつけられない状態なわけね」

「そっ。分かればいいの」

「じゃ、原因究明」

「それも分かりそうなもんだけど」

「えーっ？　ぜーんぜん分かんなーい」

と、かわい子ブリッコする秘。

「誰の真似してんの」

「デビュー当時の松田聖子」

「知らない。さて、帰ろっと。大草原の小さな家へ」

そして席を立った。

「透、傘に入れてって」

「なんで、持って来なかったの？」

「骨が折れたのよ」

「あぁ……傘も骨が折れるよな」

「傘に同情しないで私に同情してよ」

「分かったよ。入れてくよ」

こうして今日も過酷なデートが始まった。行き先は決まっている。注文係は当然、僕だ。

「何にする？」

「チキンのよりどりセットと果実のマーブルアイス・マンゴ」

秘のご注文を伺い、僕はチキンのクリスピーセットに決め、三分後に一つ目のクリスピーを噛った。

「村松の後任、ビッグ・バードみたいで笑えるよな」

「『セサミストリート』観てたの？」

「姉ちゃんが観てたから」

「あぁ」

それで英語の先生になったのね、と言いたげな顔で、秘はビスケットを食べ、コーラを飲んだ。

「黒須くん、北海道大学受験するみたいよ」

「早稲田じゃなかったの？」

「海堂志麻を諦めきれず、追いかけて雪国よ」

「それ、何かの歌にあったよね」

「吉幾三の『雪国』」

あ、そうだっけ、と思い出しながら、フライドポテトを噛り、コーラを飲む。

「デビル海堂、黒須くんの熱意と誠意に負けて結婚の約束したんだって。黒須くん言ってたわよ」

「えっ、あのデビルが？」

秘は頷く。

「それじゃ黒須の一生は、芥川龍之介の『地獄変』の主人公、良秀の娘のようなもんだな。おまけに、ちびデビまで生まれたら……」

「『フルハウス』のような、賑やかで楽しい一家になるんじゃない？」

「俺は『サブリナ』の方がいいな」

「NHKの受信料、払ってるの？」

「払ってるよ。俺じゃないけど」

そこで秘はチキンを食べ、僕は二つ目のクリスピーを食べた。

「ねぇ、二人仲良く明治に行かない？」

「仲良くってのがひっかかるけど、行ければね」

「そうね。塾にも行かず、これから明治を目指すのは、いくらなんでも無謀よね」

「そんな、あっさり言うなよ。人生なにがあるか分からないって言ったろう？　この前」

「谷あり谷ありでしょう？」

「その前だよ。俺の一生、『山椒太夫』の厨子王みたいだなって言った後」

「だったら厨子王、そういう言葉は臨終の時までとっておいた方がいいわよ」

と、芝居の台本を棒読みするような口調で言った。

「その後」

「大丈夫よ。私が付いてるから」

「飛ばすなよ」

「同じこと何度も言わせないでよ。だけど、ろくな勉強もせず、三百十九人中、ど真ん中の成績を維持できるだけの能力はあるじゃない」

「なんで分かるんだよ」

僕はコーラを飲み、秘はコールスローを口に入れた。

「だいたい分かるわよ。普段の生活態度を見ていれば」

そんな秘の観察力と洞察力に、僕は少し感心してしまった。

「やっぱり、サブリナ一家になりそうだな」

「魔法は使えないわよ？」

「それでも、きっと魔女みたいな奥様になるよ」

「それじゃ、サマンサ一家じゃない」

そして秘は、鼻をピコピコさせた。

「なんの真似？」

「『奥さまは魔女』のサマンサ」

「どこで観たの」

「地方のテレビ局は再放送が得意だもの」

「あぁ、なるほどね」

そこで僕は腕時計を覗いた。

「予定あるの？」

「今日は『サブリナ』の日だから」

「まだ五時よ。今からテレビの前で待機してる気？」

「その前に宿題ぐらいはやるよ」

「今日は宿題ないじゃない」

「じゃ、『天才てれびくん』でも観てるよ」

するとお秘は、(呆れた馬鹿だわ）とでも言いたそうな顔で、果実のマーブルアイス・マンゴに手を伸ばした。


父は市役所職員、母は郵便局員、姉は高校教師という公務員ぞろいの我が家では、朝は七時、夜は七時十分に食事が始まり、二十分で終了する。この、食事時間に限って厳格な時間厳守は修道院並だが、クリスチャン一家ではないので、お祈りなどはしない。

「今からじゃ遅いとは思うけど、もう少し勉強させれば、どうにかなる？」

夕食が始まると、さっそく僕の進路相談を高校教師の姉に向ける母の口調は、冷ややかで投げやりだ。

「志望校によるけど、どこなの？」

と、僕に尋ねる。

「行ければ、明治」

「無理ね」

の、一言で終わった。

「行って帰って来るだけなら行けるけどな」

父は冗談で言ったようだが、食卓に笑いは起こらない。

その気まずさを取り繕い、再び絶望的なことを言う。

「ま、無理に行くことはないがね」

「なに言ってるの。どこでもいいから大学と名のつく所へ行ってもらわないと困るわよ。長女が筑波大学で長男が京都大学だってのに、末っ子だけ高卒なんて、みっともない」

父は僕の味方だが、母は世間の味方だ。体裁さえ良ければ、なんでもいいのだ。

「でも、夏休み中ずっと勉強してたわよ」

すかさず馬鹿な弟をかばう姉の一言に、母の顔がわずかな希望に輝き始めた。

「そういえば、雄吾も誉めてたな。大丈夫だ。男は、いざとなったら、火事場の馬鹿力発揮するもんだよ」

「女だって、いざとなったら発揮するでしょ」

父の安易な発言に、母はすぐさま水をさす。

「本人の問題なんだから、親が気を揉んでもしょうがないじゃない」

唯一、冷静な態度でまともな意見を述べる姉は、女子高では人気のある英語の先生だ。

その先生に、深刻な表情で最後のお願いをする母。

「せめて英語だけでも見てやって」

姉は頷き、僕はホッとした。

「じゃ、梨でも食うか？」

と場の空気を明るく乱す父。

どうも、僕だけが父に似たようだ。

「そういえば、あの下着屋の綺麗な娘は、どこ受験するんだ？」

父は何の考えもなく秘の志望校を尋ねる。

「東京女子大」

「竹下景子と同じ大学か。優秀なんだな」

と感心する父は、聞いたこともない私立大学に、まぐれで入学できた程度の頭脳だ。

「進学塾へ行ってるか、家庭教師がついてるんでしょう？」

と、即まぜっ返す母。

「どこにも行ってないよ。家庭教師なんか嫌いだって」

「それで成績いいの？」

「うん。いつも十番以内に入ってるもん」

「じゃ、お父さんが良かったんだわね」

と、嫌味を言う母は、父とは同じ大学の同級生だ。

「透。あとで見てあげるから」

そう言い、静かに席を立った姉は、冷蔵庫から取り出した梨の皮をむき始めた。

この姉が、我が家で唯一頼りになる僕にとっての救世主だ。


なぜ勉強ができないのか。それは、勉強のやり方が分からないからだ。やり方さえ分かれば面白くなる。と、姉が言っていた通り、確かに面白くなってきた。

そして姉が僕の家庭教師になると、母は安心したのか毎日のように社交ダンスクラブに通い、父は茶の間でビールを飲みながら野球のナイトゲームを観戦し、大騒ぎしながらジャイアンツを応援している。

こんな家族を背景に、僕はB'zの『ultra soul』を聴きながら、平日は一日六時間、土日は十二時間を受験勉強に費やした結果、実力テストの成績順位は、三百十九人中、八十一番。なんと、一学期まで百五十番だった順位から、六十九番もランクアップすることが出来たのだ。

「よし！　俺だって、やれば出来る」

秘が言っていたように、眠っていた優れた遺伝子が目覚めたのか、その気になると不思議なパワーが漲ってくる。

そんな僕に、「分からない所だけを、分かるまでやればいいのよ」と、姉は言った。

まったく、おっしゃる通りで文句のつけようがない。しかし、分からない所が多すぎた。

これもひとえに、小学校、中学校と、遊び呆けていた過去の報いである。今さら悔やんでも仕方がない。けれど、ここで音を上げては元も子もない。

「もう、こうなったら、何がなんでも明治大学に合格してやる！」

と意地になった僕は、心優しい姉の気力と体力と忍耐力を限界まで消耗させ、ひたすら教えを仰いだ。その意地と熱意と気力と努力と根性と集中力と若干の狂気の結果、期末テストの成績順位は、五十一番。

「半年で九十九番も順位を上げたなんて、立派よ」

誉めてくれたのは姉だけだった。

「五十一番ねぇ。雄吾は、いつも一番だったから」

母は渋い顔で茶を啜った。

「おっ、見違えたな、ウルトラショック！」

軽いノリの父は、トンチンカンなことを言う。

「お父さん、それ、ウルトラショックじゃなくて、ウルトラソウルだよ」

父の聞きまちがいを指摘した僕の頭の中で、B´zの『ultra soul』が流れ始めた。

♪ 夢じゃないあれもこれも
その手でドアを開けましょう
祝福が欲しいのなら　悲しみを知り
独りで泣きましょう
そして輝くウルトラソウル！　ハイ！

こんな父がいたから僕がいた。といっても、郷ひろみの替え歌ではない。遺伝の話だ。

(やっぱ、トンビの子はトンビだよな)

では、兄や姉は一体、誰からの優性遺伝なのだろうか？


そんな疑問を抱きつつ自室で机に向かっていると、携帯電話が鳴った。

「はいはい」

「不眠不休で勉強してるの？　五十一番」

声だけ聞くと中山美穂にそっくりな秘からだ。

「ナポレオンを見習ってね」

「じゃ、この寒さは命取りね」

「平気だよ。ここはモスクワじゃないから、カチューシャ」

「私は女中じゃないわよ、ネフリュードフ」

口が減らない秘の応酬は成績同様、依然好調だ。

「秘は？　勉強してるの」

「透ほどではないけど、適度に」

「ご立派なご両親の遺伝子を受け継いでるから、いいね、苦労知らずで」

「どこがご立派なのよ、あんな恥知らず」

どうも秘はご立腹の様子だ。

「何かあったの？　まさか、また何か拾ってきたりして、ママちゃん」

「それが今度は拾って来たんじゃなくて勝手について来たのよ、病院から」

「背後霊？」

その瞬間、電波が乱れた。

「あれ、もしもし、もしもし」

「まだ生きてるわよ、パパだもの」

「えっ！　冗談じゃなくて？」

「同じ手は何度も使わないわよ」

そして秘は、吐息をついた。

「それで嫌いな携帯まで買ったの？」

「渡されたのよ、パパから」

「それで？」

「この前の脚色通りになったの」

「……って？」

そこで秘は、再び吐息をついた。

「入院中に心細くなった二人が意気投合して、復活したのよ」

「復活？　あっ！　復縁。それで？」

「GO！　GO！　7188の『あぁ青春』よ」

「パラッパラッパーラー、パラッパラッパーラー」

「そこじゃなくて、歌詞のいちばん下」

「あたしだけに欲情してほしい、それは甘い恋の蜜、あたしの胸撃つ、猛毒の夏、アーアーアーアーアー、テケテケテケテケテケ」

「それよ。冬だけど」

「で、どっちが激しいの」

「あの人。とても鞭打ち症とは思えないほどの激情よ」

「激情？　俺んちと同じだな」

「今でも熱烈なの？」

「まさか。こっちは別な意味で『かけめぐる青春』だよ」

「ビューティーペア？」

「の相手の悪役」

「極悪ペア？」

「ペアじゃなくて一人」

「ダンプ？」

「いや、もっと悪党だ」

「ブルドーザー？」

「そんな悪役いないよ」

「いるわよ、ブル中野」

「あっ、そうだ。よく知ってるな」

「ダイエットに成功した元女子プロレスラーで話題になったじゃない」

「その手の情報か」

そこで僕は、青春ど真ん中飲料・がぶ飲みミルクコーヒーを飲んだ。

「それで、反則攻撃に痛めつけられる毎日なの？」

「反則はないけど、サンドバック的な存在なわけよ、俺が」

「ボムボム、パンチの嵐？」

「うん。心と胸に」

「成績が悪いからでしょう？」

「はっきり言うなよ」

「言われたくなかったら、一番になって見返してやればいいじゃない」

「そんな、できっこないだろう？」

「やれば出来るわよ」

「無理無理。一番なんて、ぜったい無理」

「じゃ、せめて二十番までに入れるように努力してよ。ね？」

秘の声が、突然やさしくなった。

「まぁ、努力はするけど。でも、なんで二十番なの？」

「透ちゃんと一緒に明治に行きたいんだもん。そのセーフティーラインだから」

「あぁ……。うん。がんばってみる。でも、なんか鯉の滝登りって感じだな」

「そんなこと言わないで。透ちゃん、私のためにがんばって。愛してるから」

「愛してる？　うん。俺、がんばる」

「透ちゃんが合格したら、抱き抱きして、チュッチュして、もう、好きなようにさせてあげるから！　だから、がんばるのよ？」

「うん。がんばる！」

すると秘は、深い吐息をついた。

「どうしたの？」

「そろそろ充電する時間なの」

「携帯の？」

「まあね。君の充電も終わったし」

「ん？　なんのこと？」

「なんでもない。じゃ、そんなわけで。ごきげんよう」

「えっ？　なんで」

だが、無情にも電話は切れてしまった。

「なんだ、これからいいとこだったのに」

仕方なく、携帯電話から手を放した僕は机に向かった。

「透ちゃん、私のためにがんばって。愛してるから、か……。熱でもあったのかな秘の奴」

そんな幸福の余韻に浸っていると、鼻の奥から暖かな激情が流れて来た。

「あっ、鼻血だ」

あわてた僕は、ティッシュペーパーを鼻に詰め込め、口を開けたまま呟いた。

「ひゃっぱ、ししんつぉ、こふはふって、とつせんくふんはは」

（やっぱ、地震と告白って、突然来るんだな）と。

冬休み中の地道な努力が報われ、三学期の実力テストの成績順位は、三十九番。このまま進級すれば、文系トップクラスの三年五組に座席を確保できたも同然だ。

ちなみに秘は八番。トップクラスの上位と最下位で大差はあるが、トップクラスに違いはない。

そんな優越感に浸りつつ、秘が十七歳の誕生日を迎えた二月十五日。なにかと問題の多い森尾家に、また一つ問題が起きた。

「妊娠したのよ」

「えーっ！」

学校帰り、いつもの店でコーラのカップに手を伸ばした僕は、その一言で顔面蒼白になった。

「できちゃったの？」

「あの人がね」

「えっ？　それじゃ、妊娠したのは、ママ？」

「そう。本人もパパも大喜びで、昨夜ブラジルから電話かけてきたのよ」

「ブラジルから？　……ま、そういうことなら、よかったけど」

そこで一安心した僕は、再びコーラのカップに手を伸ばし、一気に飲み干した。

「でも、なんでブラジルに行ってるの？」

「復縁を祝して世界一周の旅に出たの。だから当分帰って来ないわよ」

「世界一周の旅？　ずいぶん思い切った復縁旅行だね」

「お祭り野郎のパパと派手好きなあの人のことだもの、それぐらい当たり前よ」

「じゃ、生まれて来る子どもは、リオのカーニバル並みの、賑やかで派手好きな爆裂小僧だな」

「あんがい地味かもよ」

秘は、白けた顔でグラタンを口に入れた。

「予定日はいつなの？」

「九月十五日」

「敬老の日？」

「そう」

「やっぱり地味な子どもかも」

そこで僕も、グラタンを口に入れ、水を飲んだ。

「だけど、名前は聖人名なの」

「なに、もう決めてるの？」

「気が早いのよ、あの二人」

「なんて名前？」

「パウロ。サン・パウロで妊娠が判明したからだって。単純でしょう？」

「じゃ、女の子だったら？」

「サンバ」

「確かに単純かも」

そこで僕は焼むすびを食べ、秘はフライドフィッシュを食べた。

「ところで、今日は秘の誕生日だろ。プレゼント、あるんだ」

「なに？」

秘の綺麗な顔が、期待と喜びに輝いた。

「なんだと思う？」

「エンゲージ・リング？」

「それは高くて買えないから別の物」

「婚姻届」

「それは五年後」

「……濃厚なキス？」

「それは経験ずみだろ？」

「焦らさないでよ」

秘のリミットが限界に達した所で、カバンの中から取り出した秘へのプレゼントを、テーブルの上に載せた。

「開けていい？」

僕が頷くと、秘はプレゼント用にラッピングされたピンクの包装紙を取り除き、箱を開けた。

「……白衣？」

「うん。去年の暮れに部屋の掃除をしてた時、中学校の卒業文集が出て来たんだ。それで、なんとなく読んでたら、将来の夢は、ピンクの白衣が似合う綺麗な女医か、黒白の修道衣が似合うシスターになりたいって書いてあったから、まだ少しは憧れの気持ちがあるかなと思って」

「……」

「こんなもの、欲しくなかった？」

「ううん。欲しかった」

「本当？」

秘は頷くと、箱の中から取り出したピンクの白衣を広げ、胸に当てて微笑んだ。

「中学一年の時に『尼僧物語』を観て、オードリー・ヘプバーンが演じたシスター・ルークに憧れたのよ。でも、現実の修道女には興味もないし、女医になれるほどの能力もないことが分かったけど、それでもピンクの白衣には憧れてたの。だから、嬉しい」

「よかった。本当は、修道服なんてどこで売ってるのか分からないから白衣にしたんだ」

「で、透は何になりたかったの？」

「えっ？　あぁ……秘密」

「なによ今さら、言ってみ？」

「いいよ、そんな、恥ずかしいよ」

「言わないと、月にかわってお仕置よ？」

「『セーラームーン』？」

「そう。小学校の時、夢中で観てたの」

「ごめんね、素直じゃなくて」

「覚えてるの？　その歌」

「携帯の着メロなの」

すると秘は、ピンクの白衣を箱に仕舞い、蓋を閉じた。

「今夜、ＵＦＯのスペシャル番組あるわよ」

「えっ！　本当？　何時？」

「やっぱり今でも変わってないわけか。宇宙船に乗って金星に行きたい。それでしょう？透の夢は」

秘は、勝ち誇ったような顔で見事に言い当てた。

「それは小学校の卒業文集だよ。中学校のはＮＡＳＡに就職して、山ほどの極秘ファイルを見たいって書いたんだよ」

「見てどうするの？」

「いや、その先は考えてないけど……」

「じゃ、宇宙船レッド・ドワーフ号に乗って帰る？　今夜はパーティーよ、リスター」

「誕生日の？」

「そっ。二人だけの、爆裂カーニバル」

〈シュシュ〉の地下駐車場で、ジャガーとダイムラーが仲良く留守番をしている。

そして、505号室のリビング・ルームは、ラテンの貴公子リッキー・マーティンの『マリア』をBGMに、クリスマスの飾り付けを施した安っぽいディスコのような雰囲気に充ちていた。

「この飾り付け、いつやったの？」

「クリスマスの前日」

「じゃ、今までずっとそのままなわけ？」

「そっ」

自室で制服からピンクの白衣に着替えた秘は、怪しげな風俗店に迷い込んだ高校生を見るような目で、隣に座った。

「なんか、キャバクラの従業員みたいだな」

「行ったことあるの？」

「ないけど、なんとなく」

「もっと強引よ」

「行ったことあるの？」

「幼稚園の時、パパが連れて行ってくれたの」

「進んだ保護者だね」

「小学校の時は、大相撲と歌舞伎とナイトクラブ、中学校の時は、ノーパン喫茶とストリップ劇場」

「うっそ。それ、すごい親だよ」

「に、パパが行ってたの。私が行ったわけじゃないわよ」

「なんだ、びっくりした」

「その頃、私はシスター・ルークに憧れてたのよ。風俗店なんか行くわけないじゃない」

と言いながら足を組み、シガレットチョコを口にくわえると顔を寄せた。

「火、点ける真似するの？　お姉さん」

秘は首を振り、（紙を剥け！）と、目でサインをする。

「あっ、紙を剥くのか。……それで？」

秘は顎をしゃくり、（食え！）と、再び目でサインをする。

「あっ、両方から食べるのか」

そして、キス！　だなと思いつつ、秘の言う通りシガレットチョコの両端から食べ始めた。

「うっ……」

「ねぇ、もっと食べたい？」

耳元で秘が囁いた。

「うん。ぜんぶ食べたい」

「じゃ、ちょっと待ってて」

そこで、なぜか立ち上がった秘はキッチンへ向かい、戻って来た時には、シガレットチョコを山ほど抱えていた。

「パパの会社から送って来たの。輸入物のシガレットチョコよ。透に全部あげるわ」

「食べるって、チョコのことだったの？」

「ほかに何が食べたいの？」

と言いながら、秘はピンクの白衣を脱いだ。

「な、なんだそれ？」

「リオのカーニバルの衣装よ。ブラジルから送って来たの。透の分もあるわよ。二種類あるけど、どっちがいい？」

と、スパンコールに輝く金色の超ビキニスタイルの秘は、白衣のポケットから僕の分のカーニバル衣装を取り出して見せた。

一つは、そのまま金粉ショーで踊れそうなスパンコール付き金色のビキニパンツ。もう一つは、クイーンのボーカル、故フレディ・マーキュリーが愛用していた舞台衣装のようなコスチューム。

「俺、コス・プレの趣味ないけど」

「趣味じゃなくて、私へのサービスよ。どっちが好み？」

「どっちも嫌だよ」

「じゃ、金粉ショースタイルね」

と、勝手に決めた秘は、B'zの『ultra soul』をBGMに、歌いながら踊り始めた。

♪——

「夢じゃないあれもこれも、その手でドアを開けましょう、祝福が欲しいのなら、悲しみを知り、独りで泣きましょう、そして輝くウルトラソウル！　ハイ！」

♪——

「外は雪が降ってるってのに、よくやるよな」

と呟き呆れ果てた僕も、次の瞬間、制服を脱ぎ、金粉ショースタイルに変身した。

♪——

「夢じゃないあれもこれも、今こそ胸をはりましょう、祝福が欲しいのなら、歓びを知りパーっとばらまけ、ホントだらけあれもこれも、その真っただ中、暴れてやりましょう、そして羽ばたくウルトラソウル！　ハイ！」

♪——

「ウルトラ・ショック！　ハイ！」

作品中に挿入しました歌のタイトル及び、引用しました小説作品を列挙いたします。

（歌）

キリスト教・典礼聖歌『平和の賛歌』
『君だけを』　歌・西郷輝彦
『水戸黄門』　歌・あおい輝彦　伊吹吾郎
『もしかして』　歌・美樹克彦　小林幸子
『黄色いお空でBOOMBOOMBOOM』　歌・黄色5
『タイガーマスク』　歌・新田洋
『ultra soul』　歌・B'Z
『あぁ青春』　歌・GO！GO！7188
『ムーンライト伝説』　歌・DALI

（小説）

『いまを生きる』N・H・クラインバウム著　新潮文庫

華《はな》やかな微熱《びねつ》

黒田《くろだ》しおん

明窓出版

平成十四年四月十五日初版発行
発行者 —— 増本　利博
発行所 —— 明窓出版株式会社
〒一六四—〇〇一二
東京都中野区本町六—二七—一三
電話　（〇三）三三八〇—八三〇三
FAX　（〇三）三三八〇—六四二四
振替　〇〇一六〇—一—一九二七六六
印刷所 —— モリモト印刷株式会社
落丁・乱丁はお取り替えいたします。
定価はカバーに表示してあります。

JASRAC 出0202785-201

ISBN4-89634-093-0

ホームページ http://meisou.com　Eメール meisou@meisou.com

天国から来た人々　　仲村　高

天国はどこにある？　天国ってどんなところ？　どんな人が行けるの？　そんな疑問に答えてくれます。

「死」に怖れを抱いている人も、忘れている人も、天国の存在を身近に感じ、心が軽く、安らかになれる。　定価1300円

平成26年基幹通信網に異変あり

光甫台出

未来へ告ぐ！！　前人未踏のＩＴサスペンス。平成21年に本格稼動した、政府管理下の「基幹通信網」。それは、あらゆるメディア通信に対応した「スーパーインターネット」をベースに政府主導で全国に敷設した大容量・超高速の光ファイバー網である。基幹通信網によるネットワーク社会が日本に馴染みはじめた平成26年、その 信頼性を疑わせ、日本中を不安に陥れる大事件が発生した。 電子投票をめぐる黒い落とし穴……。政治記者吉川はＩＴ犯罪を暴けるのか？！定価1700円

今日もお寺は猫日和り
—ひみつ日記　　明窓出版編集部編

こころのふるさとからの言葉。全国の犬猫（いのち）を愛する人々から 「寺の子」として慈しまれている子らの姿を、 写真、イラスト、メッセージなどで綴る。 生全寺の毎日、生命の記録をお届けします。　定価1200円